W0323726

S

Margit Schreiner

Die Eskimorolle

Schöffling & Co.

Erste Auflage 2004
© Schöffling & Co. Verlagsbuchhandlung GmbH,
Frankfurt am Main 2004
Alle Rechte vorbehalten
Die Erstausgabe erschien 1995 unter dem Titel
Die Unterdrückung der Frau, die Virilität der Männer, der Katholizismus und der Dreck;
eine Taschenbuchausgabe unter dem Titel
Der Mann mit den Samtohren.
Satz: Reinhard Amann, Aichstetten
Druck & Bindung: Pustet, Regensburg
ISBN 3-89561-275-8

www.schoeffling.de

Inhalt

1. Teil

2. Teil

1. Teil

Anfangs

Ich bin durch einen Kaiserschnitt zur Welt gekommen. Das Kind vor mir hat meine Mutter verloren, weil es eine Steißlage war und die Ärzte nicht operieren wollten. Aus irgendeinem Grund, wahrscheinlich aus Neugier oder aus Sportgeist, wollten sie das Kind unbedingt während der Geburt drehen. Was nicht gelang. Das Kind, das Marlies heißen sollte, blieb stekken. Nicht nur, daß es im Bauch meiner Mutter erstickte, es saß auch fest. Die Ärzte überlegten, es zu zerstückeln. Aber dann schafften sie es doch irgendwie, das tote Kind aus meiner Mutter zu ziehen. Sie wurde dabei so verletzt, daß sie nicht mehr auf natürliche Weise gebären konnte.

Ich kam zwei Tage vor Weihnachten zur Welt. Meine Mutter hat mir erzählt, daß sie dann am Abend des 24. Dezember plötzlich den Krankenhauschor »Uns ist ein Kind geboren« und »Stille Nacht, heilige Nacht« singen hörte und daß sie, vom Morphium noch ganz benommen, alles durcheinanderbrachte und gar nicht mehr richtig unterscheiden konnte zwischen dem holden Knaben im lockigen Haar und mir. So etwas kann zur Belastung werden.

Am Tage meiner Geburt erhielt Neruda den Stalinpreis, und am Dachstein ging eine Lawine nieder, die drei Menschen unter sich begrub.

Meine Tauffeier habe in kleinstem Kreise stattgefunden. Es sei im Januar 1954, im Jahrhundertwinter gewesen, und deshalb hätte ich eine weiße Wolljacke mit Silberfäden getragen und ebensolche Wollfäustlinge und auch so eine Haube, aber mit langen seidenen Schleifen, und hätte außerdem in einem Steckkissen gelegen, das mit langen seidenen Schleifen zugebunden gewesen sei.

Der Kachelofen im Wohnzimmer sei gut geheizt gewesen, und zwei volle Eimer mit Koks hätten neben dem Ofen gestanden. Auf der Fensterscheibe hätten sich Eisblumen gebildet. Es habe heiße Schokolade mit einem kleinen Schluck Rum zu trinken gegeben und verschiedene Torten zu essen.

Die Erde draußen habe warm unter einer dicken Schneeschicht gelegen. Die Vögel seien in dem Vogelhaus auf unserem Balkon gefüttert worden, und immer wieder hätten die fetten Tauben versucht, die Blaumeisen zu vertreiben. Und die Rotkehlchen, die mein Vater besonders gemocht habe. Er sei während der Tauffeier mehrmals ans Balkonfenster getreten und habe an die Scheibe geklopft, um die Tauben zu verjagen.

Gegen Abend habe es wieder stärker zu schneien begonnen. Im Licht der Laterne, das damals noch gelb gewesen sei, habe man die Schneeflocken dicht und schwer fallen gesehen. Um sechs Uhr habe es Ananasbowle gegeben und Wurstbrötchen, auf die mit bunten Plastikzahnstochern Sardellenringe gespießt worden seien. Die Plastikzahnstocher habe man auch benützen können, um die Ananasstückchen aus der Bowle zu fischen.

Mein Vater habe die Gitarre gestimmt und »Drei weiße Birken in meiner Heimat stehn« gesungen, und meine Mutter habe »Uns ist ein Ros entsprungen« gesungen. Und draußen habe es geschneit und geschneit, als ob es kein Ende gäbe mit dem Jahrhundertschnee. Die wenigen Autos, die es damals gegeben habe, habe man nicht gehört. Der Schnee habe fast alle Geräusche verschluckt; nur das Gurren der Tauben nicht.

Im Laufe des Abends habe mein Vater eine Taufrede gehalten, die er sich zuvor auf einen Zettel notiert habe. Er habe gesagt, daß meiner Mutter und ihm zwei Tage vor Weihnachten ein lang ersehnter Wunsch in Erfüllung gegangen sei, und meine Mutter habe geweint. Mein Vater habe sein Glas erhoben, und während draußen der Schnee so dicht gefallen sei, daß er wie ein weißer Vorhang im Fenster gehangen habe, hätten alle auf meine Geburt angestoßen.

Meine früheste Erinnerung ist die an den Beiwagen.

Ich weiß noch, er war feuerrot. Oder nein, er war grellgrün. Feuerrot war der Overall, den ich bei den Fahrten im Beiwagen trug, denn der Wind pfiff durch die Ritzen. Jetzt weiß ich es wieder ganz genau: Der Beiwagen war schwarz!

Meine Eltern haben mir oft erzählt, wie sie ihn in Wien gekauft und abgeholt hatten. Schon beim Abholen des Beiwagens hätten sie sich geschworen, ihn bald wieder zu verkaufen. Es habe an dem Tag nämlich fürchterlich geregnet und gestürmt. Während mein Vater auf dem Motorrad völlig durchnäßt worden sei und die ganze Fahrt gegen den Seitenwind habe lenken müssen, sei meine Mutter trocken im Beiwagen mit dem Verdeck gesessen und habe Angst gehabt, mein Vater könne sie vergessen. Meine Eltern haben das Motorrad mit Beiwagen dann leider wirklich bald wieder verkauft, weil meine Mutter diese Angst nie ganz überwinden konnte.

Wir sind bestimmt nicht oft mit dem Beiwagen gefahren. Ich erinnere mich nur an die Fahrt zum Sudetendeutschentreffen nach Passau. Von dieser Fahrt gibt es drei Fotos im Familienalbum, unter denen »Auf der Fahrt zum Sudetendeutschentreffen in Passau« steht.

Das erste Foto, wahrscheinlich mit Selbstauslöser geknipst, zeigt meinen Vater auf dem Motorrad und meine Mutter und mich neben dem Beiwagen. Im Hintergrund sind die VÖEST-Häuser. Da es damals noch keine Farbfotos gab, kann man nicht sehen, daß mein Overall feuerrot ist. Auch die Farbe des Beiwagens kann man natürlich nicht erkennen. Aber ich weiß, daß er schwarz war.

Das zweite Foto zeigt uns in Aschach. Auch auf diesem Foto sitzt mein Vater auf dem Motorrad, während meine Mutter und ich neben dem Beiwagen stehen. Nur daß hier statt dem VÖEST-Häuserblock die Donau im Hintergrund ist.

An die Fahrt von Linz nach Passau, an der Donau entlang, erinnere ich mich ganz genau. Ich erinnere mich, auf dem Schoß meiner Mutter direkt an der Beiwagenwindschutzscheibe gesessen und die Donau in der Sonne glitzern gesehen zu haben. Ich erinnere mich an das Geschaukel, an das Gebrumme und Gepfeife im Beiwagen. Und daß man das Verdeck öffnen konnte. Einmal sind wir mit offenem Verdeck gefahren, und der Wind hat an meinen Haaren gezerrt, und der Himmel war blau.

Auf dem dritten Foto sieht man nichts als einen langen, klobigen Tisch mit einem Schild »Matura 1922«. Mein Vater hatte 1922 im heutigen Tschechien sein Abitur gemacht. Wir haben also höchstwahrscheinlich in der Nibelungenhalle in Passau, wo die Sudetendeutschentreffen immer stattfanden, an diesem langen, klobigen Tisch mit anderen, die 1922 im heutigen Tschechien ihr Abitur gemacht hatten, zusammengesessen. Aber das kann ich natürlich nicht so genau sagen. Ich erinnere mich nur, daß ich ein kurzes grünes Sommerkleid trug und ziemlich fror in der düsteren Halle. Und daß ich unter dem Tisch saß und den ersten Marienkäfer meines Lebens sah. Er setzte sich auf eines meiner nackten Beine, spazierte es entlang und erklomm dann meine Zehen. Als er auf meinem großen Zeh angelangt war, flog er weg. Er war rot und hatte auf jedem Flügel einen schwarzen Punkt.

Mit vier Jahren besuchte ich den Kindergarten. Er lag auf dem Spallerhof direkt neben der Spallerhofkirche. Wenn die Glocken der Spallerhofkirche zur Messe läuteten, verstanden wir im Kindergarten unsere Schwester Mathilda nicht mehr. Die Schwester Mathilda war Nonne. Einmal zeigte sie mir eine Glaskugel, da war ein Schlitten mit einem Pferd und dem Weihnachtsmann drin. Wenn man sie umdrehte, schneite es.

Meiner Erinnerung nach hatte Schwester Mathilda große, braune Augen, lange, dunkle Wimpern, eine gerade Nase und einen großen Mund. Sie war sanft und gütig. Ich mochte sie sehr gern, so daß es eigentlich merkwürdig ist, daß ich den Kindergarten haßte. Aber meine Mutter hat immer gesagt, daß ich mich jahrelang jeden Morgen, wenn wir uns auf den Weg machten, weinend an unser Treppengeländer geklammert hätte. Es kann nur an den anderen Kindern gelegen haben, daß ich den Kindergarten so haßte.

In dem Kindergarten auf dem Spallerhof waren, weil es ein katholischer Kindergarten war, alle katholischen Feste sehr wichtig. Die Schwester Mathilda konnte so sanft vom Jesukind sprechen, daß es mir heute noch vorkommt, als hätten wir es damals gesehen, blond und lockig, mit blauen Augen und kleinen, dicken Zehen.

Zu Ostern haben wir Eier bunt bemalt und gelernt, daß Gott auferstanden ist. Ich erinnere mich in dem Zusammenhang an ein Heiligenbildchen, das wir im Kindergarten von der Schwester Mathilda bekommen hatten und auf dem die Himmelfahrt abgebildet war. Es kann aber auch sein, daß wir das Heiligenbildchen später in der Volksschule von der

Religionslehrerin bekamen, zur Belohnung für zehn besuchte Maiandachten. Jedenfalls sah man darauf einen bärtigen Mann zwischen zwanzig und dreißig Jahren steil in die Höhe fahren, unter ihm Wiesen, Felder und Bäume und über ihm eine Wolke, hinter der hielt Gottvater Ausschau nach seinem gerade aufsteigenden Sohn. Und obwohl es ja eindeutig nach oben ging, ist es mir als Kind immer so vorgekommen, als müßte sich das rotbraune Gewand Jesu eigentlich bauschen, statt still in vielen Falten um seinen Körper zu fallen.

Zu Fronleichnam führten die Mädchen aus dem Kindergarten die Prozession an. Direkt hinter dem Pfarrer und seinen Meßdienern. Wir hatten alle weiße Kleider an und Blütenkränze auf dem Kopf. Die Blütenkränze waren nicht echt, sondern aus Seide. Ich weiß noch genau, wie mein Kranz aussah: Er hatte weiße Seidenröschen und dazwischen grüne Seidenblätter. Es gibt ein Foto, da hat mein Onkel Fritz plötzlich meinen Blütenkranz auf. Wahrscheinlich war gerade Fasching, denn er trägt dazu eine Hitlertolle und ein entsprechendes Bärtchen.

Aber damals bei der Fronleichnamsprozession hatte ich meinen Blütenkranz selber auf, und ich ging hinter dem Pfarrer und seinen Meßdienern her mit meinem weißen Kleid und dem mit der Brennschere gewellten Haar und streute Blumen aus einem Korb, den ich am Arm trug. Echte Blumen. In meinem Korb waren Pfingstrosen, weiße und rote, Maiglöckchen und Margeriten, und ich griff hinein, fühlte die kühlfeuchten, glatten Blätter in der Hand, nahm eine Blume heraus und warf sie auf die Straße. Hinter uns war der Boden bedeckt mit Blüten wie mit Schnee.

Auch Muttertag war bei uns im Kindergarten wie ein katholisches Fest. Es existiert heute noch ein Faltbild, da ist vorne ein Foto von mir drauf, wie ich eine Puppe trage. Drinnen steht: »Du hast mich durch den Morgen getragen, ich werde dich durch den Abend tragen.« Das war wie ein Gelübde. Noch heute ist mir ganz komisch, wenn ich daran denke, wie die Mütter mit uns im Kindergarten gesessen und wir zusammen das Lied von den Händen der Mutter gesungen haben, die strafen und trösten, und ich weiß nicht, was noch.

Die Nikolausfeier mochte ich am wenigsten. Wenn unser Pfarrer, mit einem Wattebart notdürftig verkleidet, von der Spallerhofkirche zu uns herüber in den Kindergarten kam, um in einem großen roten Buch unsere Sünden nachzulesen, war mir ganz schlecht vor Angst. Wenn ich am Ende doch noch ein rotes Säckchen bekam, in dem Nüsse und Mandarinen waren, erschien es mir wie ein Wunder, aber richtig versöhnen konnte mich das auch nicht mehr.

Als ich fünf Jahre alt war, mußte ich für drei Wochen ins Kinderheim. Meine Mutter war mit Ischias im Krankenhaus, und mein Vater mußte beruflich nach Köln. Meine Tante Juli wollte mich nicht beaufsichtigen, weil ich nie stillsaß und sie mir daher keine Zöpfe in meine dünnen Haare flechten konnte, und meine Tante Hetti war sowieso zu nichts zu gebrauchen. Also blieb nur das Kinderheim Sankt Josef. Im Kinderheim Sankt Josef waren außer mir nur Internatskinder, und die waren immer dort.

Abends, wenn wir ins Bett gingen, mußten wir uns gleich auf den Rücken legen, die Augen schließen und die Arme auf der Bettdecke ausstrecken. Eine Nonne ging mit einem Teppichklopfer durch den Schlafsaal und schlug damit jedem, der die Arme unter der Bettdecke oder die Augen auf hatte oder nicht auf dem Rücken lag, auf die Decke. Da ich daheim immer auf der rechten Seite einschlief, konnte ich im Kinderheim Sankt Josef nicht gleich einschlafen. Ich lag lange wach und versuchte, das Blinzeln der Augen zu unterdrücken.

Als mein Vater mich aus dem Kinderheim abholte, hat er angeblich geweint, weil ich ihm zur Begrüßung nur die Hand gab. Als wir meine Mutter im Krankenhaus besuchten, soll ich sogar einen Knicks gemacht haben. Und gewünscht hätte ich mir gar nichts, als man mich danach fragte. Aber mein Vater hat mir trotzdem etwas geschenkt. Er hatte aus Köln eine Glaskugel mitgebracht, da war der Kölner Dom drin. Wenn man den Dom umdrehte, schneite es.

Bald darauf kam ich dann in die Volksschule.

An die Volksschulzeit erinnere ich mich kaum. Ich weiß nur noch, daß wir eine Lehrerin hatten, die Hirsch hieß, und daß wir deshalb immer »Hirsch heißt meine Lehrerin« sagten. Die Hirsch war eine für mich sehr alte Frau mit einer dicken Nase. Die Haare hatte sie straff zurückgekämmt und im Nacken zu einem Knoten geflochten. Die Röcke waren immer dunkelbraun oder -grau oder -blau und reichten weit übers Knie. Dazu trug die Hirsch Blusen. Sie war böse.

Vor jeder Stunde mußten wir zehn Kniebeugen machen, wozu die Hirsch die Kommandos gab. Zwischendurch zielte sie mit kleinen Kreidestückchen nach uns. Sie traktierte uns überhaupt, wo sie nur konnte. Ich haßte und fürchtete sie so, daß ich mich, wenn es ein Diktat zur Schularbeit gab, dauernd verschrieb. Noch daheim war mir schlecht davon, und ich konnte zu Mittag fast gar nichts essen. Erst gegen Abend erholte ich mich.

Im nachhinein habe ich oft gedacht, daß die Hirsch ein alter Nazi gewesen ist. Sie zog eindeutig blonde Schülerinnen vor. Wir hatten eine in der Volksschule, ich weiß noch, daß sie mit Nachnamen Hoffmann hieß, und ich weiß auch noch genau, wie sie aussah (sie hatte halblange dichte, glatte, wahrscheinlich goldblonde Haare), zu der sagte die Hirsch immer, die schönen Haare habe sie bestimmt nur, weil sie sie täglich mit hundert Bürstenstrichen bürstete. Die Hoffmann war so eingeschüchtert, daß sie »Ja« sagte. In Wahrheit bürstete die Hoffmann ihre Haare überhaupt nicht. Zumindest behauptete sie das uns gegenüber.

»Die Hirsch«, sagte mein Vater, als ich bei meinem letzten Besuch bei meinen Eltern in Linz nach dem Mittagessen die Sprache auf meine Volkschullehrerin brachte, »die konnte ja nicht einmal rechtschreiben.«

Das sei eine Folge des Krieges gewesen, sagte meine Mutter. Die Männer seien ja alle tot gewesen.

»Eis laufen« habe die Hirsch in meinem (oder sagte mein Vater: unserem?) Aufsatz aus »eislaufen« gemacht. »Wegzehrung« habe sie in »Wegzerrung« verbessert, »infolgedessen« in »in Folge dessen«; und wenn sie schon den Kindern so einen Unsinn erklärt habe wie: »Man schreibt alles groß, was man anfassen kann«, dann hätte sie meinen kleingeschriebenen »himmel« nicht als Fehler berechnen dürfen.

Ich erinnerte mich in der Hinsicht an nichts.

Die Hirsch sei eigentlich längst pensioniert gewesen, sagte meine Mutter. Sie sei bloß wegen dem Lehrermangel wieder eingestellt worden. Zur Überbrückung.

Alle drei, vier Wochen, sagte mein Vater, habe er in die Sprechstunde zur Hirsch gehen müssen, um mit ihr über Rechtschreibungsfragen zu streiten. »Totgeburt« mit »d«, »Zähre« mit »e«, »Status quo« mit »k«, das sei die Rechtschreibung der Hirsch gewesen. Zwar frage ich mich, ob es überhaupt angehen kann, daß wir in der Volksschule Texte mit Totgeburt, Zähre beziehungsweise Status quo schreiben mußten, aber wenn mein Vater es sagt, wird schon etwas dran sein.

»Und überm Direktorinnenzimmer«, sagte meine Mutter, »ist ›Konfernzzimmer‹ gestanden.«

»›Konfenzzimmer‹ ist auf dem Schild gestanden«, sagte mein Vater.

»Nein, ›Konfernzzimmer‹«, sagte meine Mutter.

Die Religionsstunden waren immer das Schlimmste. Sie fingen mit einem Gebet an. Meistens war es ein langes Gebet. Ich hatte schon in der Pause aufs Klo gemußt, war aber nicht dazu gekommen. Plötzlich war die Pause vorbei, und die Religionslehrerin war schon in der Klasse, und das Gebet hatte schon begonnen. Da mußte ich dringend. Aber es war mir unmöglich, mitten im Gebet aufzuzeigen und die Religionslehrerin zu fragen, ob ich aufs Klo dürfe. Genauso unmöglich war es mir, einfach während des Gebets aus der Klasse zu laufen. Also blieb ich still stehen und versuchte durchzuhalten. Kurz vor dem »Amen« spürte ich es heiß meine Beine hinunterrinnen. Es hörte überhaupt nicht mehr auf. Die Religionslehrerin sah nichts oder sah es und sagte nichts. Ich setzte mich hin, und 45 Minuten lang kühlte die warme Flüssigkeit auf meiner Haut. Am Ende war sie eiskalt. Wahrscheinlich konnte man auf der weißen Strumpfhose genau die Bahn sehen, die sie genommen hatte. Als mich die Mitschülerinnen in der Pause auf die Lache unter meiner Bank aufmerksam machten, stritt ich alles ab. Ich sagte, die Lache sei vorher schon dagewesen.

Bei meinem letzten Besuch bei meinen Eltern besuchte ich, statt mich wie sie zum Mittagsschlaf hinzulegen, meine alte Volksschule.

Der Himmel war dicht bewölkt, als ich die Muldenstraße überquerte und die Stufen zum Spallerhof hochging. Ich ging wie früher die Thungassingerstraße an der Rückseite der Häuser entlang, kürzte ab durch den Hinterhof, durch den ich auch früher meinen Schulweg abgekürzt hatte, überquerte die Glimpfingerstraße und war schon da.

Die Schule war genauso groß, wie ich sie in Erinnerung hatte. Ich betrat das Gebäude, das seltsamerweise offenstand, ging am Pförtnerhäuschen vorbei, das leer war – »Schulwart« stand auf einem Schild – und schlenderte die Korridore entlang. In den leeren Fluchten war es kühl. Es roch nach saurer Milch. Die Türen zu den Klassenzimmern standen offen. Durch die offenen Türen sah ich die blankgeputzten Parkettböden, abgeschabte, kleine Schulbänke, frisch gewischte Schultafeln. In kleinen, blitzenden Kästchen unter den Tafeln lagen die Kreiden. In jeder Klasse hing ein Foto des Bundespräsidenten, jeweils unter Glas, und gegenüber je ein Kreuz aus dem – wie mir schien – gleichen Holz wie die Schulbänke. Ich ging in die Klasse 2b. Als ich ganz hinten im Klassenzimmer stand und mich niederbeugte, um mein Schuhband zuzubinden, sah ich, daß unter sämtlichen Tischen Kaugummi klebte. In einer Tischlade lag ein angebissener Apfel.

Onkel Hans

Was war eigentlich los mit dem schwermütigen Onkel Hans aus Sierning, der gar nicht mein Onkel war, sondern ein Jugendfreund meines Vaters aus dem Böhmerwald? Wieso war er schwermütig, wenn er in einem so schönen Haus wohnte? Noch heute denke ich daran, wenn ich mir ein Haus auf dem Land vorstelle, in dem ich wohnen möchte. Von der Hauptstraße Siernings, die damals kaum befahren war, führte eine Steintreppe zum Hauseingang hinauf. Mit alten, unregelmäßigen Steinstufen, zwischen denen Gras wuchs. Links neben der Treppe war eine Wiese mit Obstbäumen und einer Kastanie. An dem Zaun entlang, der den Garten begrenzte, wuchsen Ribisel und Stachelbeere. Sonst nichts. Das Haus selbst war gelb. Es hatte einen Steinboden im Vorraum und Parkettböden in den Zimmern. Im Wohnzimmer stand ein großer, dunkelbrauner Schreibtisch. Der Onkel Hans war unser einziger Bekannter, der einen Schreibtisch hatte. Und einen Bücherschrank mit Glastür. Da waren ein Totenkopf und ein paar Bücher drinnen. Auf dem Parkettboden lagen verschlissene dunkle Teppiche. Bei uns zu Hause war alles hell und neu. Meine Mutter sagte oft, wenn wir in Sierning zu Besuch gewesen waren, daß es kein Wunder sei, wenn der Hans schwermütig werde mit all dem alten Zeug um ihn herum. Aber ich glaubte nicht, daß es davon kam.

»Wahrscheinlich kommt es von der Leber«, sagte mein Vater. Zu meiner Mutter sagte er einmal bei uns zu Hause im Wohnzimmer, als er nicht wußte, daß ich im Nebenzimmer saß, zu dem die Tür offenstand, er habe gehört, daß der Hans im Krieg Lagerarzt gewesen sei. Dann war es lange still. »Blödsinn«, hörte ich meine Mutter nach einer Weile sagen, »er ist doch Tierarzt.« Aber mein Vater sagte, im Krieg habe man da keinen Unterschied gemacht. Da ich nicht wußte, was »Lagerarzt« bedeutete, stellte ich mir ein Lebensmittellager vor, wie das vom Kolczak in der Eisenwerkstraße. Ich stellte mir vor, der Onkel Hans hätte im Krieg die Lebensmittel untersucht, und wenn der Kolczak versucht hätte, die alten Kartoffelchips zu verkaufen, die er mir einmal verkauft hatte, dann hätte der Onkel Hans es verboten.

Wenn wir zu Besuch in Sierning waren und mein Onkel Hans zu einem Bauern gerufen wurde, was oft der Fall war, fuhr ich mit. Wir saßen dann schweigend in seinem VW-Käfer und fuhren auf holprigen Wegen durch Rübenfelder. Ich hatte immer gehofft, einmal die Geburt eines Kalbes zu sehen oder wenigstens die eines Ferkels. Aber ich war nie bei einer Geburt dabeigewesen. Der Onkel Hans hat eigentlich immer nur, wie es hieß, Kühe besamt, wenn wir zu einem Bauern gefahren sind. Er hat ihnen den Schwanz hochgehalten und ist mit einer großen Spritze in der Hand mit dem Arm bis zu den Achseln im Inneren der Kuh verschwunden. Jedenfalls habe ich es so in Erinnerung. Ich habe mich immer gewundert, daß die Kühe ihn nicht getreten haben.

Der Onkel Hans war sehr schweigsam. Ich kann mich, genaugenommen, überhaupt nicht an Worte aus seinem Mund erinnern. Wenn er gerade eine Kuh besamt hatte, stand er immer schweigend da, und ich wurde das Gefühl nicht los, es wollte etwas aus ihm herausbrechen. Aber es kam nichts. Auch zu den Bauern sagte er meistens nichts, aber das fiel nicht auf, weil die auch nichts sagten. Manchmal durfte ich bei den Bauern Hühner füttern oder den Hofhund streicheln.

Alle schauten mir dann schweigend zu. Einmal habe ich im Stall frisch gemolkene Milch zu trinken bekommen, die noch warm war. Während ich trank, schaute mich auch die Kuh die ganze Zeit an.

Der Onkel Hans war ziemlich dick. Das sah man nicht auf den ersten Blick, weil er weite Trachtenanzüge trug. Und weil er ein verhältnismäßig schmales Gesicht hatte. Wenn er ausging, trug er einen Hut mit einem Gamsbart und klobige Haferlschuhe. Das war nötig, weil auf den Bauernhöfen viel Dreck lag. Oft bin ich in irgendeinen Mist getreten, und meine Schuhe haben dann tagelang gestunken. Wahrscheinlich wollte meine Mutter deshalb nie, daß ich mit dem Onkel Hans zu den Bauern fuhr. Oder sie wollte nicht, daß ich sah, wie er die Kühe besamte.

Irgendwann später soll der Onkel Hans einen Schlaganfall gehabt haben. Ich stellte mir immer vor, daß er ihn gehabt hatte, während sein Arm in einer Kuh verschwunden war.

Von da an hat er bis zu seinem Tod viel geweint. Wenn wir zu Besuch gekommen sind, standen ihm schon bei der Begrüßung die Tränen in den Augen. Einmal ist er an seinem Schreibtisch gesessen, den Kopf in beide Hände gestützt, und hat geschluchzt.

Onkel Franz

Der Onkel Franz aus Nürnberg war ebenfalls ein Jugendfreund meines Vaters aus dem Böhmerwald. Er lebte mit seiner Frau und seinem Schäferhund in einer Villa mit Garten, den aber niemand außer ihm selbst betreten durfte, weil er so sorgfältig gepflegt war. Auch der Hund durfte nicht rein. Aber der wollte eh nicht. Denn er saß den ganzen Tag vor der Garage und paßte auf, daß sein Herr nicht ohne ihn mit dem Auto wegfuhr. Wenn der Onkel Franz die Garage aufsperrte und die Autotür öffnete, sprang der Hund sofort hinein und wartete dort auf die Abfahrt.

Nach Nürnberg fuhr ich nicht gerne zu Besuch. Ich durfte ja nicht in den Garten, und mit dem Hund war auch nichts anzufangen. Er war mit dem Beobachten seines Herrchens so beschäftigt, daß er nicht einmal die Schnauze vom Boden hob, wenn ich ihn ansprach.

So saßen meine Mutter, mein Vater, der Onkel, die Tante, der Schäferhund und ich meist stundenlang in einem düsteren Wohnzimmer mit altrosa Samtvorhängen und hörten dem Onkel zu, der viel redete, während der Hund ab und zu mit dem Schwanz wedelte.

Mein Vater sagte, der Franz sei in seiner Jugend ein toller Hecht gewesen. Ich wußte nicht, was er damit meinte. Der Onkel Franz hatte einen fast quadratischen Kopf und trug, wie der Onkel Hans aus Sierning, immer Trachtenanzüge, wenn auch weniger weite. Sie wirkten insgesamt schnittiger. Wenn er redete, fuchtelte er mit den Armen, und ich hatte immer das Gefühl, er probierte an uns die Wirkung einer Rede aus, die er eigentlich anderen halten wollte.

Der einzige Lichtblick bei den Besuchen in Nürnberg war das Essen. Ich habe nie vorher und nie nachher Menschen gekannt, die so viel und, ich glaube, so gut aßen wie der Onkel Franz und seine Frau Anni. Sie aßen zu Mittag und zu Abend jeweils mehrere Gänge, und als Hauptgang waren immer riesige Geflügelkeulen auf dem Teller oder große Braten, die außen knusprig und innen saftig waren.

Die Tante Anni konnte alle Arten Knödel kochen. Serviettenknödel und Grießknödel und Topfenknödel und Knödel aus rohen Kartoffeln und solche aus gekochten und solche, die halb aus rohen und halb aus gekochten Kartoffeln waren. Aber sie konnte auch Kartoffelkroketten und Reisaufläufe und Gemüsegratins kochen. Nicht zu reden von den Torten der Tante. Ich erinnere mich an die Ribiseltorte mit überbackenem Eischaum, an die Schwarzwälder Kirschtorte mit enorm viel Kirschen und viel Schlagobers, an die Erdbeerschaumtorte mit Himbeersirup, und ich weiß nicht, was sonst noch. Es hieß, der Onkel Franz sei im Krieg an der Westfront gewesen und da habe es ihm so geschmeckt, daß die Tante Anni sich nach dem Krieg immer sehr anstrengen mußte mit dem Kochen.

Oberflächlich betrachtet war der Onkel Franz ganz das Gegenteil vom Onkel Hans aus Sierning. Obwohl er so viel aß, war er schlank, sehr gesprächig, wie gesagt, und immer in Bewegung. Wenn er nicht gerade im Garten arbeitete, richtete er den Hund ab, indem er ihm ein Stück Fleisch oder einen Knochen vor das Maul legte. Der Hund mußte stundenlang ohne zu fressen davor sitzen bleiben. Der Onkel Franz wusch unterdessen sein Auto oder sägte Äste von den Bäumen. Hin und wieder schaute er zu dem Hund hin, dem der Speichel in zwei dünnen Rinnsalen aus dem Maul floß.

Dieser Onkel war einmal Berufsschuldirektor gewesen und, obwohl er gar nicht so alt war, dann irgendwann in Pension gegangen. Aber darüber wurde nie näher gesprochen.

Einmal war, so erinnere ich mich, das Gespräch auf wohlhabende Witwen gekommen. Da hatte sich das Gesicht vom Onkel Franz verfinstert. Er fuchtelte besonders wild mit den Armen um sich und gab Laute von sich, die ich nicht verstand.

Onkel Fritz

Der Onkel Fritz war mein richtiger Onkel. Er stammte nicht aus dem Böhmerwald, sondern aus Viehofen in Oberösterreich.

Er kam aus einer Bauernfamilie, wie ich sie immer mit dem Onkel Hans besucht hatte. Da soll es Kühe, Schweine, Hühner, einen Hofhund und eine Menge Leute gegeben haben. Der Onkel Fritz war der Älteste gewesen. Aber er kam als Erbe des Hofes nicht in Frage, und zwar wegen dem Buckel und dem Klumpfuß, wie es hieß. Ob es wirklich ein Buckel war oder vielleicht nur eine Rückenverkrümmung, kann ich heute nicht mehr mit Sicherheit sagen. Aber für den Klumpfuß würde ich mich verbürgen. Deshalb wurde er ja Beamter bei der oberösterreichischen Landesregierung.

Mein Vater und er haben sich nicht besonders verstanden. Warum, weiß ich nicht. Wahrscheinlich lag es an ihren politischen Einstellungen. Der Onkel Fritz war der Ansicht, die VÖEST, in der mein Vater arbeitete, verschwende Steuergelder, und mein Vater sagte, der Onkel Fritz habe als Beamter keine Ahnung von der Wirtschaft. Außerdem stellte der Onkel Fritz die Weinflasche immer in den Einbauschrank im Wohnzimmer, nachdem er eingeschenkt hatte, und holte sie erst wieder heraus, wenn er nachschenkte. Mein Vater fand das unhöflich. Sie hatten aber beide denselben Lieblingsdichter: Stifter. Der Onkel Fritz schätzte außerdem noch Alois Brandstetter. Und er rauchte den ganzen Tag Pfeife.

Bei sich zu Hause hatte er einen bestimmten Platz neben dem Kachelofen. Da saß er auch noch in seinem Sessel, als sie längst Zentralheizung hatten und der Kachelofen nicht mehr benutzt wurde. Weil ihm der Fuß mit der Zeit immer mehr weh tat, stand er am Ende kaum noch von seinem angestammten Platz auf. Nur wenn er die Weinflasche aus dem Einbauschrank holte oder sie zurückstellte.

In dem Einbauschrank stand auch eine besonders prächtige Kristallschale. Nur die Tante selbst durfte sie auf den Tisch tragen und wieder wegräumen. Bei einer Feier – alle hatten schon ziemlich viel Ananasbowle getrunken – rutschte sie ihr aus der Hand und zerschellte auf dem Fußboden in viele winzige Splitter. Während meine Mutter ihr half, die Splitter aufzukehren, wobei meine Tante vor sich hin schimpfte und jammerte, sah ich, wie mein Onkel Fritz, der auf seinem Platz neben dem damals schon nicht mehr benutzten Kachelofen gesessen hatte, sich mühsam hochrappelte. Er war ganz bleich im Gesicht und humpelte ins Badezimmer. Von dort hörte ich würgende Geräusche. Dann die Klospülung.

Auf der Nachhausefahrt im Auto sagte meine Mutter zu meinem Vater, die Kristallschale habe der Fritz zur Geburt seines Sohnes 1944 von der Partei geschenkt bekommen. »Blödsinn«, sagte mein Vater, »die hat er bekommen wegen dem Buckel und dem Fuß.«

Hans-Peter

Hans-Peter und ich standen auf dem Kiesweg zwischen den Gärten hinter den Reihenhäusern der Wankmüllerhofstraße und dem Hof, der unserem VÖEST-Häuserblock vorgelagert war. Eigentlich war der Kiesweg vom Hof durch einen Zaun getrennt. Aber irgend jemand machte immer wieder Löcher in den Zaun, weil man über den Kiesweg schnell auf den Wankmüllerhof gelangen konnte. Wäre man ordungsgemäß hinter den VÖEST-Häusern vorbeigegangen, hätte man zuerst in die Eisenwerkstraße einbiegen müssen und hätte dann erst zum Wankmüllerhof abbiegen können.

Eine Hecke, die im Winter kleine weiße Beeren trug, die klatschend zerplatzten, wenn man auf sie trat, schützte uns vor Blicken aus den VÖEST-Häuser-Wohnungen. Die Stachelbeeren in dem Garten hinter uns waren reif. Aber das kümmerte uns an jenem Tag nicht. Hans-Peter, der seine Arme über meinem Rücken gekreuzt hatte, blies mir die Haare aus der Stirn. Es war ein sehr heißer Sommer damals, und alle anderen Kinder waren in den Ferien. Hans-Peter und ich saßen meist am Rand des Sandkastens herum und schleckten Eis, das uns seine Mutter vom Einkaufen mitgebracht hatte. Oder wir bespritzten uns gegenseitig mit dem Gartenschlauch. Wir gingen nie baden und verließen auch sonst kaum den Hof. Der Kiesweg war der einzige Platz, wo wir, ohne uns groß wegzubewegen, unbeobachtet blieben. Wir gingen jeden Tag mindestens einmal hin. Manchmal setzten wir uns in den heißen Kies. Hans-Peter lehnte sich dann an den Zaun und spreizte die Beine, und ich lehnte mich mit dem Rücken gegen ihn. Seine Arme vor meiner Brust gekreuzt, saßen wir oft lange so da, und um uns herum summten Bienen. Manchmal kam ein Zitronenfalter oder ein Kohlweißling vorbei. Die Schulferien dauerten damals noch drei Monate. Niemand störte uns. Ich glaube, die Erwachsenen benutzten den Durchgang nie. Oder so gut wie nie.

Einmal, abends, hörten meine Eltern und ich Schreie vom Kiesweg. Mein Vater öffnete die Läden des Schlafzimmerfensters und schaute hinaus, sah aber nichts. Er kroch später sogar mit unserem Nachbarn, dem Herrn Kofler, durch das Loch im Zaun. Sie leuchteten alles mit Taschenlampen ab, aber da war niemand.

An jenem Sommertag, als wir auf dem Kiesweg standen und Hans-Peter die Arme über meinem Rücken gekreuzt hatte und die Stachelbeeren längst reif waren, wußte ich auf einmal alles. Ich wußte, daß Hans-Peter mich gleich küssen würde und daß in dem Moment die VÖEST-Sirene losheulen würde und daß Hans-Peter die Augen geschlossen halten würde beim Küssen und daß seine Augenlider zucken würden, als ob es ihm schwerfiele, sie geschlossen zu halten. Ich wußte, daß er sie trotzdem nicht öffnen würde. Ich wußte, daß der Kuß alles verändern würde. Den Kiesweg, meine Eltern, die Kohlweißlinge und Zitronenfalter, alles. Nichts, das wußte ich plötzlich, würde danach nebeneinander bestehenbleiben wie bisher. Alles würde sich unaufhaltsam verbinden, würde verschmelzen, schließlich ein großes Ganzes bilden.

Ich war erst elf Jahre alt, aber ich wußte, daß ich nie verstehen würde, was nun begann.

Wicki

Ich saß mit meinen drei Schulfreundinnen Irene Kreuzmeyer, Gitti Hofer und Susi Kletzmeyer auf einer Decke auf der Liegewiese des Hummelhofbades. Wir hatten schulfrei, weil Direktorstag war. Das weiß ich noch genau, weil wir den halben Vormittag darüber sprachen, ob der Direktor am Direktorstag Geburtstag hat oder Dienstjubiläum oder was sonst der Grund für den schulfreien Tag sein könnte. Wir gingen in die 2. Klasse des wirtschaftskundlichen Realgymnasiums.

Meine drei Freundinnen waren alle gute Schülerinnen. Sonst waren sie sehr verschieden. Die Irene Kreuzmeyer war die Tochter eines Druckereibesitzers. Sie war die kleinste und dünnste aus unserer Klasse. Sie trug noch Zöpfe und sagte fast nie etwas, ohne gefragt worden zu sein. Die Gitti wohnte im selben VÖEST-Häuserblock wie ich, und wir hatten schon in der Volksschule nebeneinander gesessen. Ihr Vater war Stahlarbeiter. Ich glaube, sie wäre auch im Gymnasium gerne neben mir gesessen. Ich saß aber neben der Susi Kletzmeyer, die viel erwachsener aussah als alle anderen in unserer Klasse und nachmittags einen Tennisclub besuchte. Sie trug manchmal Lippenstift in der Schule, was die Lehrer tolerierten, weil sie mit Abstand die Klassenbeste war. Ich bewunderte sie sehr.

Von mir selbst hielt ich damals nicht viel. Meine Arme erschienen mir zu lang und meine Beine auch. Wenn ich ging oder lief, hatte ich immer das Gefühl, entweder zu große oder zu kleine Schritte zu machen, so daß ich entweder dahinstürmte wie der Vogel Strauß oder trippelte wie ein Huhn. Die Arme schlenkerten von meinem Körper herab, als gehörten sie nicht dorthin. Manchmal versuchte ich, sie im Takt des Laufens an meinem Körper hin- und herzubewegen, aber ich wußte nicht, wie das ging: ob die Arme nach vorne gestreckt werden, wenn die Füße einen Schritt nach vorne tun, oder ob sie dabei in der Gegenbewegung nach hinten gestreckt werden.

Außerdem war ich in der Schule schlecht. Ich konnte mich meistens nicht richtig konzentrieren. Jedenfalls dann nicht, wenn es von mir verlangt wurde. So saß ich oft stundenlang in meiner Schulbank oder zu Hause vor den Hausaufgaben und begriff nichts. Und dann wieder, ohne mein Zutun, erschien mir alles, was ich sah oder hörte, ganz einfach, klar und logisch.

Die Zeit war unberechenbar. Manchmal blieb sie lange stehen. Nichts bewegte sich. Dann wieder überstürzten sich minuten- oder stundenlang die Ereignisse, und eine bunte, laute, schnelle Welt spülte mich mit sich fort. Mir ging das Gefühl für Proportionen damals in jeder Hinsicht ab. Für kurze Zeit rückten die Dinge und Menschen so nah an mich heran, daß sie riesengroß erschienen, dann zogen sie sich erneut bis zur Unkenntlichkeit zurück. Das verwirrte mich sehr. Die meiste Zeit war ich damit beschäftigt, nicht aufzufallen. Nicht zu große und nicht zu kleine Schritte zu machen, im Unterricht aufzuzeigen, bevor ich etwas sagte, oder aufzustehen, wenn ich gefragt wurde. Einmal, in der Chemiestunde, als ich etwas vorlesen mußte, las ich »Orgasmus« statt »Organismus«. Obwohl alle in der Klasse lachten und ich mich furchtbar schämte, unterlief mir dieser Fehler noch drei weitere Male an den entsprechenden Stellen.

Die Susi half mir sehr im Unterricht. Sie schubste mich an, wenn ich aufgerufen wurde, flüsterte mir bei Prüfungen die Antworten und schob mir bei Schularbeiten Schwindelzettel zu. Ich war von ihr abhängig. Auch was meine Stellung in der Klasse anging. Da wir nebeneinander saßen, fiel etwas von ihrem Glanz auch auf mich. Meine Verträumtheit wurde durch ihre Geistesgegenwart ausgeglichen und meine ständige Angst zu versagen durch ihren Mut zum Erfolg.

Jener Direktorstag im Hummelhofbad war einer der Tage, an denen ich aus meiner Wattewelt aufgetaucht war und die Dinge und Menschen wie eine Sturzflut über mich hereinbrachen. Die Sonne war nicht mehr gedämpft durch einen feinmaschigen, aber dichtgewebten Schleier, sondern grell, gelb und heiß, die Liegewiese war unübersichtlich groß, Vögel zwitscherten ohrenbetäubend laut, und Bienen summten wie Hubschrauber von Gänseblümchen zu Gänseblümchen. Kinder schrien, Wasser platschte, Trillerpfeifen trillerten, daß mir schwindelte. Die Erde roch nach verfaultem Gras, die Rosen am Zaun nach feinen, parfümierten alten Damen, und das Schwimmbecken roch bis zu mir nach Chlor. Jemand auf einer Decke in unserer Nähe spielte laut Radio.

Wann genau der Junge sich zu uns auf die Decke gesetzt hatte, bemerkte ich nicht. Ich war viel zu beschäftigt mit meinen Gefühlen. Irgendeine Beobachtung wie die der blendend weißen Wellen, in denen sich das Wasser auf der Mauer des Schwimmbadgebäudes spiegelte und die hin und her zuckten, konnte mich damals nämlich unversehens in einen rauschhaften Glückszustand versetzen, der infolge einer anderen harmlosen Beobachtung wieder tiefer Niedergeschlagenheit wich. Als ich aufschaute, saß der Junge jedenfalls da. Er hatte das rechte Bein angezogen und mit beiden Armen umfaßt. Sein Gesicht lag seitlich auf dem Knie. Von unten her sagte er: »Ich bin der Wicki.« Dabei sah er mich an. Es kam nicht oft vor, daß ein Junge mich ansah. Die meisten Jungen sahen die Susi an. Ich vermutete damals, weil sie bereits einen richtigen Busen hatte. Es gab aber gar keinen Zweifel, daß der

Wicki mich ansah. Er war dünn und hatte schrägstehende, für einen Jungen außergewöhnlich große grüne Augen mit langen dunklen Wimpern. Er sah ganz anders aus, als alle anderen Jungen, die ich kannte. Irgendwie fremdländisch. Er gefiel mir sofort.

Meine Freundinnen taten so, als säße er gar nicht auf unserer Decke. Die Gitti erzählte etwas von ihrem Bruder, der in die Hauptschule ging, wo es zwar einen Direktor, aber keinen Direktorstag gebe, und die Susi Kletzmeyer sagte, in der Handelsschule, in die ihre ältere Schwester ging, auch nicht. Aus dem Radio sang eine Frau mit einer tiefen Stimme, daß sie den reichen Caballero zwar heiraten, aber nie lieben werde. »Denn ich liebe meinen Jonny, meinen Jonnyboy allein«, sang sie immer wieder.

Der Junge, der Wicki hieß, lächelte. Eine leichte Brise bewegte seine Haare, die aus der Stirn gekämmt waren. Eine Strähne löste sich und fiel nach vorne. Seine Nase war breit und platt.

Direktorstag bedeute nichts anderes, sagte der Wicki und lächelte, als daß die Schüler dem Direktor freigäben. Nicht umgekehrt. Und daß der unheimlich froh sei. Ich verstand sofort, was er meinte. Meistens blieb bei den banalsten Bemerkungen, die jemand machte, ein Rest Unverständliches für mich zurück. Ich weiß noch, wie die Gitti Hofer einmal zu mir gesagt hatte: »Du bist bloß verwöhnt«, und daß ich einfach nicht verstanden hatte, was sie meinte. So ein Direktor sei ja auch nur ein ganz normaler Mensch, sagte der Wicki. Die Irene Kreuzmeyer seufzte, als hätte der Wicki sie an etwas Trauriges erinnert. Die Gitti Hofer, die ja einen Bruder hatte und alles mögliche gewöhnt zu sein schien, sagte »Blödsinn«. Die Susi Kletzmeyer neben mir lachte. Aber es klang, als ob sie sich verschluckt hätte. Wahrscheinlich, dachte ich, ärgert sie sich jetzt, daß der Wicki mich ansieht und nicht sie.

Wicki veränderte seine Lage. Er zog auch das linke Knie an, umfaßte beide Knie mit beiden Armen und stützte das Kinn auf den spitzen Knien ab. Da sein Kopf im Verhältnis zu seinem Körper zu groß war, sah es aus, als läge ein fremder Kopf auf seinen Knien.

Ich hätte mich am liebsten auch so verknotet wie er, wagte es aber nicht, mich zu rühren. Ich dachte, irgend etwas könnte passieren. Meine Arme könnten plötzlich zu steif sein, um meine Knie zu umfassen, oder sie würden meine Knie umfassen und die würden meine großen, aber leeren Bikinikörbchen eindrücken, oder mein Kopf würde einfach zur Seite kippen. Ich hatte vorher noch nie einem Jungen so lange in die Augen geschaut wie dem Wicki. Es waren braune Einsprengsel in dem Grün, wie kleine Rettungsinseln.

Ich mußte dauernd schlucken, ohne es kontrollieren zu können. Es war wie bei manchen Szenen im Fernsehen. Da mußte ich auch immer schlucken. Was mich ärgerte, weil ich nicht wollte, daß meine Eltern es bemerkten.

Während der Wicki und ich einander ansahen, sagte die Gitti, in der VÖEST gebe es so viele Direktoren, daß ihr Vater dauernd Urlaub haben müßte, wenn jeder Direktor einen freien Tag gut hätte, und die Irene Kreuzmeyer sagte, in der freien Wirtschaft gebe es gar keinen Direktorstag. Ich hatte das Gefühl, meine Freundinnen erwarteten von mir, daß ich auch etwas zum Direktorstag sagte. Mir fiel aber nichts ein.

Wickis Augenlider senkten und hoben sich ein paarmal. Seine Wimpern warfen schnelle Schatten auf die Wangen, wie von Vogelflügeln.

Dieser Junge, dachte ich, will bestimmt nichts von mir. Dabei hatte ich das Gefühl, meine Augen flackerten oder zuckten.

Wicki sagte, es gebe eben solche Direktoren und solche. Zirkusdirektoren zum Beispiel, sagte er plötzlich. So ein Zirkusdirektor habe nie frei, weil er seinen Zirkus keinen Augenblick lang im Stich lassen könne. Nie. Die Tiere und alle bräuchten ihn.

Das verwirrte mich. Ich meine, daß er plötzlich von Zirkusdirektoren sprach. Niemand, den ich kannte, hatte je von Zirkusdirektoren gesprochen. Wicki fuhr damit fort. Er sagte, die Tiere im Zirkus bräuchten ständig frisches, trockenes Stroh in ihren Käfigen. Und irgend jemand müsse die Fleischrationen portionieren und die Austeilung beaufsichtigen. Besonders gefährlich sei es, sagte er dann, die Krokodilsbecken zu reinigen, und mit einem Male wußte ich, daß es die platte Nase war, die seinem Aussehen so etwas Fremdländisches gab. Und Krokodile schmutzten eben bekanntlich besonders.

Sofort zogen furchtlose Krokodilswärter durch meinen Kopf, tapfere Löwenbändiger, Stierkämpfer, Schatzsucher und Eroberer. Glitzernde Bäche, weiche, nach warmer Erde riechende Wiesen, Löwenzahn, aus dessen Stengel man Ketten zusammenstecken, Disteln, deren Böden man wie bei Artischocken essen, und Blütenkelche, aus denen man den Nektar saugen kann. Alles geriet wieder ins Lot. Nur meine Freundinnen auf der Decke kicherten.

Er wisse genau, sagte der Wicki, der keine Miene verzog, wie man Krokodile außer Gefecht setze.

»Da sind wir aber gespannt«, sagte die Susi, und zum erstenmal kam mir ihre Stimme schrill vor. Sonst war mir immer nur meine eigene Stimme schrill vorgekommen, und die Stimme, von der Susi war mir wohlklingend erschienen.

»Los«, sagte sie schrill, »wie setzt du sie außer Gefecht?«

Der Wicki sah nicht sie an, sondern mir unbeirrt in die Augen. Es reiche völlig aus, sagte er, dem Krokodil eine Schnur um das Maul zu binden.

Ja, dachte ich, er hat recht.

»Laß dich doch von dem nicht verarschen«, sagte da die Susi. Ich wußte zwar nicht, wie sie das meinte, wurde aber bestimmt rot im Gesicht. Auf jeden Fall war mir glühendheiß. Alles blieb stehen, die Zeit stand still wie bei Dornröschen, als es sich mit der Spindel in den Daumen gestochen hatte. Lange Zeit, mir kam es jedenfalls sehr lange vor, trillerte die Pfeife eines Badewärters, schrie ein Kind, schwankte ein Gänseblümchen unter einer Biene, blies der Wind die Strähne von Wickis Haaren über das rechte Auge, kam ein langgezogener, hoher Ton aus einem Radioapparat. Ich wünschte mir, weit weg zu sein. Irgendwo, wo niemand mich störte.

Ich habe nie wirklich begriffen, warum das Folgende dann passierte. Ob es mit den Jungen in Zusammenhang stand, die plötzlich den Wicki begrüßten, ihn zur Seite schoben und sich zu uns auf die Decke setzten – einer legte sogar gleich einen Arm um Susi –, oder ob eine von meinen Freundinnen etwas gesagt hatte, was ihn ärgerte, oder ob es dem Wicki einfach lästig wurde, wie wir einander gegenübersaßen und ich röter und röter im Gesicht wurde, schluckte und mit den Augen flackerte und zuckte, jedenfalls rutschte er zu mir herüber und dicht an mich heran. Wahrscheinlich wurde ich noch röter im Gesicht. Mein Herz klopfte. Wicki beugte sich zu mir vor und sagte: »Da ist doch gar nichts drinnen.« Und er stieß mit einer raschen Bewegung des Ellbogens in mein linkes leeres Bikinikörbchen. Es entstand eine Delle. Im selben Moment sank das Hummelhofbad zurück in seine wattige Gedämpftheit. Die Kinder hörten auf, schrill zu schreien, die

Bienen verwandelten sich von Hubschraubern zurück zu Insekten, ich roch meinen eigenen Schweiß. Die Delle blieb so lange, bis ich eine Gelegenheit fand, mich abzuwenden und sie, wie nebenbei, mit einem Finger wieder auszubuchten. Ich sah, wie die Irene Kreuzmeyer zu uns herüberblickte, die Gitti zu Boden sah und die Susi Kletzmeyer ihre Hände hinter dem Kopf verschränkte, so daß ihre Arme abstanden wie Flügel.

Die anderen Jungen lachten und klopften dem Wicki auf die Schulter. Jemand sagte, der Wicki sei der irrste Schüler auf dem ganzen Hummelhof. Erst da fiel mir auf, daß der Wicki nicht älter als zehn oder elf war. Also viel jünger als wir, die wir schon zwölf oder dreizehn Jahre alt waren. Er war schmächtig, wirkte ungelenk, und die platte Nase war eine Kindernase.

Der Wicki lachte nicht. Er umfaßte beide Knie mit dem rechten Arm und verbarg sein Gesicht in der Armbeuge. Nach längerer Zeit – nach zehn Minuten oder nach einer halben Stunde –, jedenfalls, als niemand ihn oder mich mehr beachtete, sah er auf. Einen Augenblick kam es mir so vor, als ob er geweint hätte. Es kann aber auch sein, daß er geschlafen hatte und daß sein Gesicht nur vom Liegen auf den Knien so verdrückt war und seine Augen davon gerötet waren.

Der Matrose

Ich sah ihn zum erstenmal, als er hinten, am Bug des Schiffes, die Reling strich. Er war kräftig, braungebrannt, schwarzhaarig und überhaupt der schönste Mann, den ich bis dahin gesehen hatte.

Ich war dreizehn Jahre alt. Mein Vater war im selben Jahr in Pension gegangen. Von der Abfindung hatte er uns – das heißt, eigentlich mehr meiner Mutter als sich selbst oder mir – einen lang ersehnten Wunsch erfüllt: eine zehntägige Kreuzfahrt durchs Mittelmeer. Ich hatte wer weiß was erwartet und schon Monate vorher immer wieder in dem Hochglanzprospekt zur Kreuzfahrt geblättert, auf dessen Umschlag ein schneeweißes Schiff zu sehen war, das durch ein dunkelblaues Meer fuhr. Überall auf den Decks lagen Menschen in Liegestühlen. Im Inneren des Prospekts waren Fotos vom Swimmingpool, der Bar, dem Restaurant, dem Tanzsaal und den Kabinen. Alles schien geräumig zu sein und freundlich und sehr elegant. Ich malte mir nächtelang aus, wie ich in dem türkisfarbenen Spitzenkleid, das meine Eltern mir bei der »Chance« in Linz – einer Art frühem Vorfahren der späteren Secondhandläden – für die Kreuzfahrt gekauft hatten, zu dem im Prospekt angekündigten Begrüßungscocktail des Kapitäns beim Auslaufen der T.S.S. FANTASIA, so hieß unser zukünftiges Schiff, gehen würde. Und wie alle mich für mindestens zwei Jahre älter hielten, als ich war. Aber dann fing alles schon mit Pannen an. Auf der Hinfahrt nach Venedig, von wo es losgehen sollte, waren wir in einen Stau geraten, das Kühlwasser unseres alten Ford hatte zu kochen begonnen, so daß wir das Schiff um ein Haar versäumt hätten. Im letzten Augenblick – wir hatten auch das vom Reisebüro empfohlene Parkhaus in Venedig nicht gleich gefunden und waren dann noch auf der Suche nach der T.S.S. FANTASIA im Hafen herumgeirrt – waren wir schließlich doch noch atemlos und verschwitzt die Gangway des Schiffes hinaufgehastet, wo uns ein hochnäsiger Steward empfing und im Inneren des Schiffes wieder hinunterführte zu einer winzigen Kabine, die beinahe auf gleicher Höhe wie der Meeresspiegel lag. In unserer Kabine roch es, wie auf dem ganzen Schiff, nach altem Öl. Wir hatten dann nicht einmal mehr Zeit, uns vor dem Begrüßungscocktail umzuziehen. Auch der Empfang selbst war enttäuschend. Wir warteten in einer langen Schlange fast eine Stunde, bis wir an die Reihe kamen, dem Kapitän, dem Ersten Offizier und der Oberstewardess die Hände zu schütteln. Der Kapitän hatte dabei weiße Handschuhe an. Nachdem er einige Begrüßungsworte in verschiedenen Sprachen gesprochen hatte, wurden wir von einem Steward zu einer Sitzgruppe geführt, wo schon ein Ehepaar mit einem Jungen saß. Der Junge hieß Klausi und hatte blonde Locken. Er sah viel jünger aus als ich, war aber, wie sich später herausstellte, ungefähr gleich alt. Seine Eltern waren offenbar darauf aus, daß wir uns alle anfreundeten. Am nächsten Morgen vor dem Frühstück hörte ich, wie seine Mutter zu meiner Mutter sagte, es sei immer ein Problem auf Kreuzfahrten, daß kaum Kinder dabei wären, und daß sie glücklich sei, daß der Klausi endlich eine Spielkameradin gefunden hätte.

Bereits in der zweiten Nacht an Bord der T.S.S. FANTASIA, als ich in meinem Bett lag und nicht schlafen konnte – das Bett zitterte die ganze Zeit, weil der Maschinenraum direkt unter uns lag –, war mir klar, daß Kreuzfahrten so ziemlich das letzte sind. Vor jedem Essen muß man sich extra umziehen, der Swimmingpool ist zu klein, um wirklich darin zu schwimmen, und es gibt kaum Möglichkeiten, sich von den Eltern abzusetzen. Bordspiele wie Sackhüpfen oder Tontaubenschießen kamen mir kindisch vor. Kurz, die ganze Reise wäre nicht weiter erwähnenswert, wenn da nicht der Matrose gewesen wäre. Er sollte während der Kreuzfahrt hintereinander die Reling aller vier Decks streichen. Außerdem die Geländer der Außentreppen.

Am Morgen des dritten Tages – ich lag wieder einmal in einem Liegestuhl auf dem Sonnendeck und beobachtete, wie der Matrose vorn am Bug die Reling strich – drehte er sich auf einmal um, blinzelte gegen die Sonne und lächelte mir zu. Bis dahin hatte mir noch nie ein Mann zugelächelt. Höchstens einmal ein Junge. Aber nie einer, auf den es mir wirklich ankam. Der Hansi Arzt in Linz zum Beispiel, in den ich verliebt gewesen war und der täglich mit derselben Straßenbahn zur Schule fuhr wie ich, lächelte immer meinen Freundinnen zu, nie mir. Ganz egal, mit welcher Freundin ich fuhr, ob sie größer oder kleiner, dicker oder dünner, hübscher oder häßlicher war als ich, blond, braun- oder schwarzhaarig, der Hansi Arzt lächelte ihr zu. Jedenfalls war es mir immer so vorgekommen. Deshalb dachte ich auch zuerst, der Matrose habe vielleicht jemand anderen hinter mir gemeint. Aber hinter mir saßen nur meine Eltern. Meine Mutter las in einer Zeitschrift, und mein Vater war vermutlich über seinem Polyglott-Reiseführer eingeschlafen. Der Matrose wandte sich wieder ab und strich weiter die Reling. Seine schwarzen Haare glänzten vor dem Hintergrund des Himmels und des Meeres.

Von da an interessierte mich nichts anderes mehr als er. Unterdessen war mir der Klausi besonders lästig geworden. Er lief ständig hinter mir her und erzählte von den Kreuzfahrten, die er bereits gemacht hatte und die genauso langweilig gewesen seien wie diese. Die meiste Zeit war ich damit beschäftigt, ihn abzuschütteln. War mir das endlich gelungen, lief ich los und suchte den Matrosen. Ich lief vom Sonnendeck in die Eisbar, von der Eisbar ans Hauptdeck, von dort die Außentreppe hinunter in unsere Kabine, wo ich mich aufs Bett fallen ließ und einen Moment abwartete, und dann wieder hinauf aufs Sonnendeck. Da es verboten war, im Bikini in die Eisbar zu gehen oder über die Haupttreppe zu den Kabinen, mußte ich mich ununterbrochen umziehen. Meiner Mutter begann das aufzufallen. »Du machst mich ganz nervös mit deiner An- und Auszieherei«, sagte sie einmal zu mir. »Setz dich doch in den Liegestuhl und genieße die Fahrt.«

Nachdem ich es am Vormittag des dritten Tages zum erstenmal gewagt hatte, an dem Matrosen vorbeizugehen, ging ich immer öfter an ihm vorbei. Ich trug meinen hellblauen Lederbikini, den grünen Badeanzug mit dem Loch um den Nabel oder ein kurzes Strandkleid. Der Matrose sah mich von der Seite an. Er zwinkerte mir zu. Einmal streifte sein Arm mein Bein, und ein andermal berührte er meine Hand. Jedesmal wurde mir ganz schlecht vor Aufregung. Hinterher lief ich zum Bug des Schiffes, einem der wenigen Orte, wo ich meistens allein bleiben konnte. Während der Fahrtwind an meinen Haaren zerrte, stellte ich mir vor, wie ich meinen Freundinnen in Linz von meinen Erlebnissen erzählen würde.

Eines Morgens, der Himmel war wie immer makellos blau, und der Fahrtwind prickelte auf der Haut, und ich ging wieder dicht an dem Matrosen vorbei – diesmal trug ich die hochhackigen Badeschuhe meiner Mutter mit den roten Tüllblüten auf dem Spann –, hielt er mich am Ellbogen fest, sah mir in die Augen und sagte: »Nine o'clock, here.« Ich verstand zuerst gar nicht, was er meinte. Erst als ich wieder neben meinen Eltern im Liegestuhl saß, wurde mir klar, daß ich um neun Uhr abends mit einem Matrosen verabredet war. Ich schaute so lange direkt in die Sonne, bis mir die Augen weh taten. Dann schloß ich sie. Vor einem schwarzen Hintergrund flackerten grellgrüne Sonnen.

Am Nachmittag legte das Schiff im Hafen von Heraklion an. Wir fuhren mit Bussen ins Landesinnere. In Knossos besichtigten wir den Palast des Königs Minos und bekamen die Wasserspülung seiner Toilette erklärt. Ich fragte mich, wie ich es anstellen sollte, mich am Abend auf dem Schiff von meinen Eltern wegzustehlen und was ich zu der Verabredung anziehen sollte. Und: Was wollte der Matrose eigentlich von mir? Konnte ich einem wie ihm überhaupt gefallen, oder machte er sich am Ende nur lustig über mich? Je näher der Abend rückte, desto aufgeregter wurde ich.

Beim Abendessen um halb acht Uhr brachte ich keinen Bissen hinunter. Aber das schien niemandem aufzufallen. Sie waren alle ganz aus dem Häuschen, weil irgendein Tanzwettbewerb oder eine Misswahl bevorstand. Als ich den Speisesaal verließ, rief meine Mutter »Schlaf gut!« hinter mir her. Nachdem ich in unsere Kabine gegangen war, zog ich meine neue Blümchenhose an und ein schwarzes T-Shirt und wartete, daß die Zeit verging. Kurz vor neun Uhr stieg ich zum Sonnendeck hoch. Ich war sicher, daß mir jeder, dem ich begegnete, ansehen würde, was ich vorhatte. Aber ich begegnete niemandem. Auch das Sonnendeck war menschenleer. Offenbar waren sämtliche Passagiere im Tanzsaal. Ich ging wie auf Watte. Alles kam mir irgendwie unheimlich vor. Plötzlich konnte ich mir nicht einmal mehr vorstellen, wie der Matrose überhaupt aussah. Fast wünschte ich, er käme nicht.

Da das Deck dort kaum beleuchtet war, sah ich an der verabredeten Stelle nur einen dunklen Schatten, der an der Reling lehnte. Das glatte Meer hinter ihm sah aus wie eine große Asphaltfläche. Der Schatten kam auf mich zu, nahm mich bei der Hand und zog mich an eine noch dunklere Stelle, dorthin, wo nachts die Liegestühle gestapelt waren. Er stellte einen Liegestuhl auf und drückte mich hinein. Er selbst setzte sich an den Liegestuhlrand. Wenn ich weggewollt hätte, hätte es einen ziemlichen Schwung benötigt, um wegzukommen. Alles ging dann sehr schnell: Er beugte sich über mich und küßte mich. Ich bekam das gar nicht so richtig mit. Da ich mich inzwischen an die Dunkelheit gewöhnt hatte, sah ich nur das große Gesicht mit den schwarzen Bartstoppeln und den langen Koteletten links und rechts auf mich zukommen, die kräftige Nase und die dicken, schwarzen Augenbrauen. Die Lippen waren auch dick. Als sie meine berührten, waren sie zuerst weich und wurden dann plötzlich ganz hart. Ich bekam kaum Luft. Ich weiß bis heute nicht, ob es von der Aufregung kam oder von der Position: Ich lag in dem Liegestuhl fast waagerecht, und der Matrose lag mit seinem ganzen Gewicht auf mir. Ich glaube, ich wollte weg. Der Matrose versuchte, seine Hand in meine Hose zu zwängen, die aber zu eng war. Er nestelte an meinem Gürtel herum.

Als dann jemand in der Nähe herumstreunte – im ersten Augenblick dachte ich, es wäre der Klausi, aber es war zu dunkel, um wirklich etwas zu erkennen –, sprang der Matrose auf und versteckte sich hinter einem Stapel Liegestühle. Ich stand auch schnell auf, blieb aber neben dem Liegestuhl stehen, in den ich mich auch nicht mehr hineindrücken ließ, als wir wieder allein waren. Der Matrose umarmte mich. Obwohl ich mich dabei auf die Zehenspitzen stellte, reichte ich ihm gerade bis zu den Schultern. Da dachte ich mit einem Male an meine Eltern und daß sie schon in der Kabine sein und mich vermissen könnten. Ich machte mich los und lief weg. Aber als ich in der Kabine ankam, war niemand da. Erst als ich mich ausgezogen hatte und im Bett lag, das wie immer leicht zitterte – die Zahnbürste klirrte ununterbrochen gegen das Zahnputzglas –, beruhigte ich mich ein wenig. Ich sagte die ganze Nacht leise »Er hat mich geküßt« vor mich hin. Dabei mußte ich, ich wußte nicht warum, lachen. Einmal, da waren meine Eltern auch schon im Bett, biß ich sogar ins Kopfkissen, während ich leise lachte.

Am nächsten Tag fühlte ich mich so, wie ich immer gedacht hatte, daß man sich fühlen muß, wenn man betrunken oder schwanger ist. Mir wurde in raschem Wechsel heiß und kalt. Zugleich fühlte ich mich stark und sicher. Um mich dann wieder ganz in mich zu verkriechen und die Augen zu schließen. Ich hätte gerne ein Foto von dem Matrosen gehabt, um es dann später, daheim, auf meinem Schreibtisch oder neben dem Bett aufzustellen oder meinen Freundinnen zu zeigen. Aber es war mir klar, daß ich nicht mit dem Fotoapparat meines Vaters losgehen und den Matrosen fotografieren konnte.

Natürlich gingen wir während dieser Schiffsreise noch öfter an Land. Ich erinnere mich, daß wir vor Patmos anlegten, wo wir mit Eseln zu der Klause hinaufritten, in der der heilige Johannes seine Apokalypse geschrieben haben soll. Alles erschien mir unwichtig und lächerlich. Besonders, daß wir auf Eseln da hinaufreiten mußten. Meiner war viel zu klein für mich. Die Füße streiften den Boden. Als wir eine Bergstraße überquerten, blieb er stehen. Der Eseltreiber, der außer meinen noch fünf oder sechs andere Esel beaufsichtigte, schlug ihn mit einem Stock. Aber er war durch nichts zum Weitergehen zu bewegen. Schließlich mußte ich absteigen und zu Fuß neben dem Esel zur Klause hinaufgehen.

Einen Tag später, bei der Stadtrundfahrt durch Athen, fiel mir plötzlich ein, daß ich nicht einmal den Namen des Matrosen kannte. Ich nahm mir vor, ihn, wenn ich ihn einmal abpassen und unter irgendeinem Vorwand ansprechen würde, danach zu fragen. Aber dazu kam es dann nicht.

Der Klausi hatte inzwischen wohl gemerkt, daß ich mich nicht für ihn interessierte. Das machte ihn aber noch anhänglicher. Es wurde immer schwieriger für mich, ihn loszuwerden. Manchmal kam es mir so vor, als ob er genau wüßte, was ich vorhatte, und mich daran hindern wollte. Dabei verging die Zeit. Es blieben mir nur noch zwei oder drei Tage. Der Abend, an dem ein Maskenball stattfinden sollte, schien mir schließlich der geeignetste, um mich abzusetzen.

Meine Mutter hatte schon vor der Reise in Linz Kostüme für uns vorbereitet. Für meinen Vater hatte sie ein Piratenkostüm geschneidert, ich sollte als Sternschnuppe gehen – wahrscheinlich, weil das Kostüm noch vom letzten Fasching übrig war –, und für sich selbst hatte sie ein Zigeunerinnenkleid, eine schwarze Perücke und viele goldene Ketten vorbereitet. Schon als wir maskiert in den Tanzsaal gingen, war mir schlecht. Ich stand da in einem kurzen gelben Tüllrock und einem gelben T-Shirt, auf dem Kopf trug ich einen Stern aus Pappendeckel, der mit goldenem Straß bestreut war. Der Klausi, der als Matrose verkleidet war, starrte mich mit offenem Mund an. Er wich dann lange nicht von meiner Seite.

Das Fest begann mit der Prämierung der Masken. Wir bekamen alle ein Nummernschild in die Hand gedrückt, und dann mußten wir, wenn das Orchester einen Tusch spielte, einer nach dem anderen mit dem Nummernschild in der Hand durch den ganzen Saal schreiten. Mir war eiskalt, und ich zitterte so, daß mir das Schild fast aus der Hand gefallen wäre.

Wieder an meinem Platz angelangt, trank ich heimlich zwei Gläser Sekt. Aber die halfen auch nicht viel. Es wurde mir bloß noch schlechter davon. Trotzdem schlich ich mich, als der Klausi gerade mit seiner Mutter tanzte, über die Haupttreppe zum Sonnendeck. Es war elf Uhr abends. Ich weiß nicht, warum ich so sicher war, daß der Matrose auf mich wartete.

Er stand an derselben Stelle, an der ich ihn das andere Mal getroffen hatte, und rauchte. Er sah mich nicht, weil er dem Meer zugewandt war. Einen Fuß hatte er auf der unteren und den Oberkörper auf der oberen Verstrebung der Reling abgestützt. Der Mond schien und warf ein helles Band auf das Wasser, als zöge er daran unser Schiff durch das Meer. Ich stand wie gelähmt in einiger Entfernung auf dem Absatz der Treppe. Den Stern hatte ich abgenommen und trug ihn unter dem Arm. Nach einer Weile schnippte der Matrose die Zigarette ins Meer. Die Glut beschrieb in der Dunkelheit einen Bogen, bis sie plötzlich erlosch. Da spürte ich, daß ich mich übergeben mußte, und rannte in unsere Kabine zurück.

Obwohl das Meer auch die restliche Fahrt glatt blieb wie eine Lache Öl, wurde ich seekrank. Nur wenn ich in meiner Kabine ruhig auf dem Rücken lag oder von Polstern gestützt dasaß, ging es mir so leidlich. Sobald ich mich aber bewegte und aufstand, kam es über mich. Dagegen halfen auch die rosa Pillen nicht, die ich vom Schiffsarzt bekam. Ich verbrachte den Rest der Reise im Bett.

Den Matrosen traf ich nicht wieder. Einmal – von Athen fuhren wir ohne Zwischenstopp durch den Isthmus von Korinth nach Venedig zurück –, als ich von meinem Bett doch einmal kurz aufstand und zum Sonnendeck hochschwankte, wobei mir allerdings so übel wurde, daß ich gleich wieder in die Kabine zurückkehrte, meinte ich, ihn auf der Treppe zum Unterdeck gesehen zu haben. Aber wahrscheinlich hatte ich mich getäuscht.

Klausi saß beinahe den ganzen Tag neben mir auf dem Bett. Wir spielten Mensch-ärgere-dich-nicht oder unterhielten uns. Er sagte, die Kreuzfahrt sei diesmal gar nicht so schlecht gewesen. Am letzten Tag – die Koffer standen schon gepackt neben meinem Bett – tauschten wir unsere Adressen aus.

Billi und Michael

Ich weiß nicht mehr, wie wir den Billi eigentlich kennengelernt haben. Jedenfalls war er furchtbar anhänglich und in meine Freundin Gitti verliebt. Mich mochte er wohl auch, weshalb er seinen Freund Michael mitschleppte, von dem er annahm, daß er mir gefiel. Michael sah gut aus. Ich glaube nicht, daß ich damals alleine so einen wie Michael gefunden hätte. Ich selbst sah nicht sehr gut aus mit vierzehn.

Ich weiß auch nicht mehr, ob der Billi die ganze Zeit, in der er ständig hinter uns hertrottete, auf der Flucht war, oder ob er erst später wieder in die Jugendstrafanstalt gekommen und dann geflohen ist. Wahrscheinlich war er von Anfang an auf der Flucht, denn so lange Zeit waren wir ja gar nicht zusammen. Ich erinnere mich, daß er ständig auf der Suche nach Übernachtungsmöglichkeiten war; und daß meine Freundin Gitti ihn einmal einen Nachmittag lang bei sich in der Wohnung versteckt hat. Am Ende rief er auch mich einmal an und fragte, ob ich ihn über Nacht verstecken könnte. Aber ich weiß nicht, wie er sich das vorstellte. Es wäre unmöglich gewesen, ihn an meinen Eltern im Wohnzimmer vorbei in mein Zimmer zu schmuggeln.

Manchmal erzählte Billi etwas von der Jugendstrafanstalt Stein. Er sagte zum Beispiel, daß alle in kürzester Zeit dort fertiggemacht worden seien. Und daß man wie die Aufseher werde, wenn man länger bleibe. Und daß er zwar stark, aber zu klein sei im Vergleich zu denen, die wirklich zählten in Stein.

Den Michael kannte er auch von dort. Der hatte seine Strafe schon hinter sich. Er verhielt sich im Gegensatz zu Billi ganz normal. Nur manchmal flippte er plötzlich aus. Zum Beispiel einmal, in einem Gasthaus, als ein Junge mit Motorradhelm unter dem Arm zu ihm »Schwuli« sagte. Ich wußte nicht, was das bedeutete. Aber an Michaels Reaktion sah ich, daß es nichts Gutes sein konnte. Er ballte die Fäuste und sah den Jungen mit dem Motorradhelm eine Weile ganz starr an. Ich bin sicher, er wäre auf ihn losgegangen, wenn nicht der Billi dabeigewesen wäre, der damals schon auf der Flucht war und deshalb nicht auffallen durfte. Am selben Tag stach der Michael mehreren Motorrädern die Reifen kaputt. Dann ging er früher als sonst heim. Der Billi sagte nachher zu Gitti und mir, in Stein gebe es viele Homosexuelle. Und jeder Neuling würde von denen einmal belästigt. Besonders, wenn er so aussähe wie der Michael.

Der Billi war klein und gedrungen und hatte eine Stupsnase. Auf dem Hinterkopf hatte er einen Haarwirbel, der sich offenbar in keine Richtung frisieren ließ, sondern als Büschel wegstand. Billi hatte für einen Jungen ungewöhnlich zarte und schmale Hände. Sonst war er nicht besonders schön. Michael war groß und schlank. Er hatte braune, lange Locken, ein breites Gesicht und helle, grüne Augen, die irgendwie nicht zu ihm paßten. Aber gerade das gefiel mir. Manchmal spielten Gitti und ich mit seinem Schnappmesser herum. Wenn man auf einen kleinen Metallknopf drückte, sprang die Klinge von selbst hervor. Billi sah uns offenbar nicht gerne an dem Messer herummachen. Das sei nichts für uns, sagte er. Er selbst besaß einen Schlagring. Den trug er aber nicht an den Fingern, sondern bewahrte ihn in der Hosentasche auf.

Billi mochte eigentlich die Mädchen nicht. Er sagte, mit den meisten könne man nicht das geringste anfangen. Wir aber waren für ihn etwas ganz Besonderes. Wenn Michael an einen Baum trat und die Hose öffnete, um zu pinkeln, regte Billi sich gleich auf. »Das sind keine von deinen blöden

Kühen«, sagte er dann. Ich glaube, er sagte das nur, weil Gitti und ich ins Gymnasium gingen. Trotzdem meinte er es ernst. Mich hat er einmal extra vor der Schule zu Hause angerufen. Wahrscheinlich aus einer Telefonzelle. Er sagte, wenn Gitti oder ich je in Schwierigkeiten kommen sollten, dann müßten wir es ihm nur sagen. Er sei hundertprozentig für uns da. Jederzeit.

Fast jeden Sonntagnachmittag machten wir einen Ausflug mit dem Auto aufs Land. Gitti und ich erfanden Sonderhausaufgaben, Schularbeiten, Prüfungen, für die wir angeblich im Grünen, bei weit entfernt wohnenden Schulkolleginnen, im Schwimmbad und so weiter lernen wollten. Ich glaube zwar nicht, daß unsere Eltern alles glaubten, aber daß wir alles bloß erfunden hatten, glaubten sie vermutlich auch nicht. Ausgerechnet zu der Zeit wurde ich in der Schule besser. Es lag wahrscheinlich daran, daß ich mich bei Prüfungen mehr anstrengte, damit nicht alle unsere Ausreden aufflogen. (Die Gitti hatte dieses Problem nicht, da sie sowieso eine gute Schülerin war.) Besonders in Mathematik verbesserte ich mich. In der Zeit, in der wir mit Billi und Michael zusammen waren, schrieb ich mein einziges »sehr gut«.

Heute denke ich, daß Michaels Auto vielleicht gestohlen war. Schließlich arbeitete er nichts. Im übrigen lebte er angeblich bei seiner Großmutter. Das Auto war groß und schokoladebraun. Auf den Fußmatten lagen überall Zigarettenkippen herum, und seit Michael bei unserem Ausflug nach Schärding eine Flasche Most gekauft hatte, die auf der Rückfahrt im Kofferraum ausgeronnen war, roch es sauer.

Meistens fuhren wir in die nähere Umgebung von Linz. Dort gingen wir, nachdem wir eine Weile in einer Wiese irgendwo am Straßenrand herumgestanden oder gesessen hatten, in ein Landgasthaus.

Ich sehe uns heute noch in den düsteren, stickigen Räumen sitzen. Alles ist aus dunklem Holz. Die Theke, die Wandverkleidung, die Tische, die Stühle, die Kleiderablagen, die Kruzifixe. Nur die Hirschgeweihe nicht und die Plastikblumen. Gitti und Billi sitzen auf der einen, Michael und ich auf der anderen Tischseite. Billi hat einen Arm um Gitti gelegt, Michael einen um mich. Wir küssen uns. Unter dem Tisch sind Holzverstrebungen, auf die wir die Füße stellen. Mir ist heiß. Michaels Hand ist kühl zwischen meinen Beinen.

Für gewöhnlich sah der Wirt ein paarmal zu uns herüber, sagte aber nichts. Abends fuhren wir wieder nach Linz zurück. Billi und Gitti saßen dann im Fond des Wagens und küßten sich, während ich vorne neben Michael saß, der fuhr. Wir schwiegen immer, denn wir hatten uns nichts zu sagen. Später, als Billi mit dem Kassettenrecorder ankam, legte Michael immer gleich eine Kassette ein, wenn wir losfuhren.

Einmal, im Sommer – es war schon spätabends, und wir saßen immer noch in der Nähe von Helmondsödt in einem Landgasthaus und tranken Most, und ich wußte schon gar nicht mehr richtig, wovon mir eigentlich schwindlig war, vom Most oder von dem, was Michael mit mir machte –, kam plötzlich ein Kerl an unseren Tisch, der mindestens eins neunzig groß war und sehr stark aussah. Er griff sich Michaels Most und trank ihn in einem Zug aus. Dann ging er zur Jukebox und wählte »Amanda tua die Hand da weg«, ein Lied, das damals unter bestimmten Leuten sehr populär war. Billi und Michael ließen Gitti und mich los. Wir saßen schweigend da. Jeder für sich allein. Als die Platte aus war, sprangen Billi und Michael auf. »Raus«, rief Billi, und ich meinte zuerst, er meinte den Ein-Meter-neunzig-Kerl. Aber er meinte Gitti und mich.

Während wir ganz benommen draußen in der Dämmerung

vor dem Gasthaus standen, von wo aus man auf den Kessel sah, in dem Linz liegt, hörten wir es drinnen krachen und poltern. Offenbar war eine Schlägerei im Gange.

Es war warm. In der Wiese vor uns leuchteten Glühwürmchen, und in dem Kessel unter uns flackerten verschiedene rote und violette Lichter. Das waren die Hochöfen der VÖEST und die Stickstoffwerke.

Wir hatten uns nicht abgesprochen. Plötzlich liefen wir beide gleichzeitig los. Wir liefen ein Stück die Straße entlang, kürzten ab durch eine Wiese mit hohem Gras, das an den Beinen kitzelte, und liefen dann wieder auf der Straße weiter. Je länger wir liefen und je mehr ich außer Atem geriet, desto größer wurde meine Wut auf Billi und Michael, die in Wirtshäusern an uns herumfummelten oder sich prügelten, statt in die Wiesen zu gehen und mit uns zu schlafen. Ich biß mir selbst auf die Lippen bei dem Gedanken, was wir mit uns hatten machen lassen.

Gitti und ich liefen, ohne ein einziges Mal stehenzubleiben, bis zur Bushaltestelle Helmondsödt. Dort mußten wir noch fast eine Stunde auf den Bus nach Linz warten. Wir saßen auf einer Bank im Wartehäuschen. Uns gegenüber flogen Nachtfalter und Käfer immer wieder gegen die erleuchtete Straßenlaterne. Der Asphalt strahlte immer noch Hitze ab. Es war eine wirklich warme Sommernacht.

Vater

Ich laufe ihm nach. Ich stelle mich ihm in den Weg. Ich setze mich auf seinen Schoß. Es ist wie ein Wunder. Mein Kopf paßt genau in die Grube zwischen seiner Schulterkuppe und dem Hals. Meine Zeigefingerkuppe paßt unter sein Ohrläppchen, meine Faust in seine Augenhöhle. Ich wippe auf dem Fuß seines linken Beines, das er über das rechte Bein gelegt hat. Ich sitze auf seinen Schultern und schaue von oben auf meine Mutter hinunter. Manchmal sitze ich auch auf dem Rücken meines Vaters, der auf allen vieren durch die Wohnung kriecht und bellt. Dabei wackelt er hin und her. Ich kreische laut vor Lachen und halte mich an seinem Hals fest. Der Hals meines Vaters ist faltig. Aber er ist nicht rauh-faltig oder ledern-faltig wie der Hals meines Onkels, den ich einmal versehentlich angefaßt habe, weil er bei uns zu Hause auf dem Stuhl meines Vaters saß und ich ihn von hinten mit meinem Vater verwechselte. Der Hals meines Vaters ist weich und geschmeidig. Mein Vater hat einen Samthals. Und Samtohren. Sonntags, wenn wir am Almsee spazierengehen, trägt er mich huckepack, und ich sehe links neben dem einen Ohr den Almsee glitzern und rechts neben dem anderen die nackten Felswände aufragen, an deren Schattseite sich bis weit in den Sommer hinein schmutziggraue Schneereste halten.

Abends, nachdem mein Vater mich ins Bett getragen hat (bis ich zehn oder elf Jahre alt bin, schleppt sich mein Vater allabendlich mit mir ab) und mir etwas erzählt hat (»Und dann, und dann?«), halte ich seine Hände so fest ich kann. Wenn er weg will, muß er versuchen, mich abzuschütteln. Aber ich bin schon stark. Die Entschlossenheit macht mich stark. Ich will nicht alleine schlafen, während er drüben im Wohnzimmer mit meiner Mutter spricht und tuschelt.

»Du, Vati?«

»Ja?«

»Ist der Böhmerwald sehr weit weg?«

»Ja, sehr weit.«

»Weiter als Rimini?«

»Nein, so weit nicht.«

»Fahren wir einmal hin?«

»Wenn du groß bist, vielleicht. Schlaf jetzt.«

Ich klammere mich an die linke Hand meines Vaters. Ich quetsche sie zusammen, so daß sich der Ehering in die Finger daneben bohrt.

»Warum nicht jetzt, Vati?«

»Weil du jetzt schlafen mußt.«

Nein, ich will nicht schlafen. Ich bin hellwach.

Es ist jeden Abend das gleiche Spiel. Ich muß nur die richtigen Fragen stellen.

»Du, Vati?«

»Ja?«

»Gibt es Menschen auf den anderen Planeten?«

»Ich glaube nicht.«

»Warum nicht?«

»Die hätten sich doch einmal gemeldet.«

»Vielleicht können sie dort nicht weg.«

»Schon möglich. Schlaf jetzt.«

Mein Vater versucht, mich abzuschütteln, aber es gelingt ihm nicht. Ich umfasse mit der Rechten und der Linken Zeige- und Mittelfinger seiner beiden Hände. Auf dem Handrücken sind Leberflecken und kleine rote Punkte. Ich spüre die Knochen unter der faltigen Haut. Manchmal knacken sie und knirschen. Wenn ich nicht aufpasse, zerbrechen sie. Mein Vater ist schon so alt. Ich werde immer stärker, und er wird immer schwächer.

Jetzt lasse ich los. Mein Vater bleibt sitzen, reibt sich die Hand und lacht.

»Du, Vati?«

»Was ist denn jetzt noch?«

»Warum bist du aus dem Böhmerwald vertrieben worden?«

Ich weiß sofort, das war die falsche Frage. Die Hände meines Vaters werden straff. Ich spüre das Blut in seinen Adern pochen. Wenn mir jetzt nicht etwas anderes einfällt, wird mein Vater aufstehen, mich abschütteln, das Licht ausmachen und mich allein lassen mit der chinesischen Lampe über meinem Bett, die ich vorige Weihnachten geschenkt bekommen habe und die schwankt, wenn man lange genug hinaufschaut. Auch die Kleider über dem Sessel bewegen sich im Dunkeln.

»Vati, was ist das allererste, an das du dich erinnern kannst?«

»Das allererste?«

»Ja.«

»Das allererste, an das ich mich erinnere«, sagt mein Vater und schaut jetzt zu den Fensterläden, durch deren Ritzen das Neonlicht von den Bogenlampen auf der Straße scheint, »das erste ist, wie ich einmal in den Gartenschlauch gepinkelt habe –«

Ich habe es geschafft. Die Hand meines Vaters liegt ganz ruhig auf der Bettdecke. Ich schiebe meine Finger zwischen seine. Meine Finger passen genau in den Zwischenraum zwischen seinen Fingern.

»Ich habe auf der einen Seite reingepinkelt«, sagt mein Vater und lächelt die Fensterläden an, »und am anderen Ende ist die Flüssigkeit wieder rausgelaufen.«

Kleofas

Mein Vater blieb stehen und schaute auf die Donau. Es war ungefähr an der Stelle, wo wir vor dreißig Jahren, als ich ein Kind war, immer gebadet hatten. Er reckte das Kinn, als suchte er etwas auf dem Fluß. Dabei spitzte er die Lippen. Plötzlich wandte er sich zu mir um. Die Sonne, die gerade hinter den Wolken hervorgekommen war, fiel auf sein Gesicht. Sie ließ seine Wangen hohl und unrasiert erscheinen, die Lippen blaß.

»Der Kleofas«, sagte er und wandte sich wieder von mir ab und der Donau zu, die heute so dreckig ist, daß kein Mensch mehr in ihr baden kann, »hätte dir als Kommunistin gefallen.«

Abgesehen davon, daß ich eigentlich keine Kommunistin mehr war, begriff ich nicht, wie er darauf kam. Er begann regelrecht von seinem ältesten Bruder zu schwärmen. Bildschön sei er gewesen, sagte er. Groß, schlank, schwarzhaarig. Außerdem intelligent, sprachbegabt und handwerklich geschickt.

»Die ganze Welt hätte ihm offengestanden«, sagte mein Vater und spitzte wieder den Mund, »wenn er nur etwas daraus gemacht hätte.«

Ich dachte, wahrscheinlich will er nur darauf anspielen, daß ich seinerzeit mein Studium ohne Abschluß abgebrochen hatte.

»Keine Frau«, sagte mein Vater und ging weiter, »kein Haus und am Ende nicht einmal einen Beruf. Nur Feinde.«

Er lief jetzt fast, und ich geriet neben ihm ganz schön außer Atem. Mein Vater war für sein hohes Alter ungewöhnlich gut zu Fuß. Er wurde damals noch von jedem, der ihn gehen sah, für mindestens zehn Jahre jünger gehalten, als er war.

Nachdem er noch einmal auf die Donau geschaut und geseufzt hatte, liefen wir schweigend bis zur Straßenbahnhaltestelle Donaulände und fuhren dann nach Hause.

Die Sache beschäftigte mich. Am Nachmittag, als meine Mutter in der Küche Kaffee zubereitete und ich mit meinem Vater im Wohnzimmer saß, brachte ich die Sprache wieder auf seinen Bruder.

»Wieso hätte mir der Kleofas gefallen?« sagte ich. »Was hat er denn gemacht?«

»Wer?« fragte mein Vater, der zwar gut zu Fuß, aber schon etwas schwerhörig war.

Ich wiederholte den Namen seines Bruders.

Der Kleofas habe 1908 in Pisek Abitur gemacht und dann in Wien Sprachen studiert, sagte mein Vater. Er habe bereits während seines Studiums Artikel für tschechische Zeitschriften geschrieben. Nach dem Studium habe er als Französischlehrer an der Realschule von Pilsen unterrichtet. Bis er dann von einem Tag auf den anderen alles aufgegeben habe. Mein Vater seufzte. Die ganze Ausbildung sei so doch umsonst gewesen.

Er sah in meine Richtung, aber ich hatte den Eindruck, er sähe durch mich hindurch.

»Eines Tages ist er spurlos verschwunden«, sagte er.

»Wieso denn verschwunden?« fragte ich.

Mein Vater starrte weiter durch mich hindurch auf etwas,

das hinter meinem Kopf ungefähr auf der Höhe meiner Nasenwurzel liegen mußte.

»Ja, ja, der Böhmerwald«, sagte er nur.

Jetzt brachte meine Mutter Kaffee und Kuchen. Als sie hörte, daß mein Vater vom Böhmerwald sprach, holte sie eine Zeitschrift und begann, Kreuzworträtsel zu lösen.

Jeder müsse eines Tages verschwinden, sagte mein Vater. So oder so. Vielleicht sei es ja besser, es so zu machen, wie der Kleofas es gemacht hatte.

Ich verstand damals nicht, wie er das meinte. Vielleicht war ihm, seit er immer häufiger die Namen von Bekannten vergaß oder immer wieder Brille, Hörgerät und Brieftasche suchte, ja längst klar, worauf es mit ihm hinauslaufen sollte, und er wollte uns nur nicht beunruhigen. Ich nehme an, er redete an jenem Tag so viel, weil er wußte, daß er sich bald nicht mehr würde verständlich machen können.

Er habe den Kleofas als Kind sehr gemocht, sagte mein Vater, viel mehr als seine anderen Geschwister. Er nämlich sei es gewesen, der ihm den Böhmerwald gezeigt habe, der damals noch über weite Strecken ein Urwald gewesen sei.

»Urwald«, wiederholte meine Mutter leise und schüttelte, über das Kreuzworträtsel gebeugt, den Kopf, »wo gibt's denn so was?«

Aber mein Vater hatte nichts gehört oder tat so, als ob er nichts gehört hätte.

Man müsse sich den Urwald als lichten Wald vorstellen. Zwischen hohen Fichten mit graugrünen Bartflechten wüchsen meterhohe Farne. Dort, wo die Farne wüchsen, müsse man gehen, nachdem es geregnet habe. Wenn die Sonne wieder hinter den Wolken hervorkäme und schräg in den Wald einfalle, so daß einzelne Strahlen zwischen den Bäumen sichtbar seien wie lange Finger von oben her, dann glitzerten die Farne, als ob sie übersät wären mit winzigen Edelsteinen. Die Regentropfen würden dann verdampfen, so daß ein Schleier über dem Farn läge, sehr fein und sehr dünn. Es sei kein Dampfen und Brodeln wie in einem tropischen Urwald, sondern es sei ein feines Verdunsten über allem. Wenn aber einmal Nebel aufkäme und zwischen den Fichten daherkröche, dann könne es schon sein, daß die Bartflechten der Bäume im Wind und im Nebel zitterten, so daß es einem kalt den Rücken hinunterlaufe. Denn der Nebel schlucke ja bekanntlich alle Geräusche. In einem totenstillen Wald die Bartflechten von hundert Meter hohen Fichten im Wind wehen zu sehen, sei schon ein gruseliger Anblick. Und wenn dann plötzlich aus dem Nebel ein Tannenzapfen zu Boden falle oder ein Tier aufgeschreckt davonlaufe, dann fahre einem der Schreck durch alle Glieder.

Im Winter laste der Schnee meterhoch auf den Fichten. Ohne Skier könne man sich da gar nicht fortbewegen im Böhmerwald. Und wenn die Sonne scheine, während man zwischen den Bäumen dahingleite, glitzere alles ringsum dermaßen, daß es einen blende, oder das Weiß verschwimme im Unbestimmten. Man könne sich dann nicht mehr orientieren, außer natürlich ganz grob an der Moosseite der Baumstämme; im Winter, sagte mein Vater, rate er niemandem, zu tief in den Böhmerwald einzudringen.

Im Sommer bedecke ein düsteres Graugrün die Stämme, und von den dunkelgrünen Zweigen hingen weiße, graue und braune Flechten, die sich manchmal krümmten, manchmal ineinander verwüchsen und breite Wände bildeten. Die Farne höben sich straußartig vom immer nassen, dunklen Moos ab. Hier und dort rage ein Riesenstamm gegen den Himmel.

Im Böhmerwald herrsche zu jeder Zeit eine tiefe, fast beklemmende Stille. Nur selten höre man die Stimme eines Vogels, das Piepsen eines Goldhähnchens oder den melodischen Gesang des Kreuzschnabels, der im Winter brüte und dem keine Kälte, kein Schneesturm etwas tue. Seine ganze Kindheit, sagte mein Vater, sei von derselben Stille bestimmt gewesen.

Aber der Kleofas sei ja anderer Meinung gewesen.

Es dämmerte bereits. Meine Mutter saß krumm und reglos im Sessel. Aus der Art, wie sie gleichmäßig ein- und ausatmete, schloß ich, daß sie eingenickt war. Die Zeitschrift lag neben dem Sessel auf dem Boden. Mein Vater hingegen saß aufrecht da. Ich sehe ihn noch heute deutlich vor mir, wie er ein Bein über das andere schlug wie ein junger Mann. Die Hände umfaßten die Knie. Nie hätte ich damals gedacht, daß es dann so schnell gehen würde mit ihm. Und daß er nur zwei Jahre später mit angezogenen Beinen im Bett eines Pflegeheims liegen würde, den Mund offen, unfähig, auch nur die Hand allein zu heben.

Der Mensch zerstöre alles, habe der Kleofas zu ihm gesagt, als er selbst vielleicht fünf oder sechs Jahre alt gewesen sei, sagte mein Vater. Was der Mensch angreife, verdorre, und wo er auch hintrete, zermalme er alles unter seinen Füßen. Denn er habe gar keinen Sinn für die Natur. Er wisse nicht, daß kein einziger Baum ungestraft gefällt werden dürfe, kein Tier willkürlich getötet, keine Blume irgendwie aus dem Boden gerissen, ohne daß eine Wunde bleibe für immer. Nichts sei rückgängig zu machen. Es sei nur dort etwas zu retten, wo kein Mensch hinkäme; nur, wo er im Morast versinke, im Schlamm ertrinke, im Eis erfriere, könne die Natur aufatmen. Und selbst dorthin trage der Wind des Menschen Wahn.

Er habe dem Kleofas als Kind immer aufmerksam zugehört, sagte mein Vater. Nur ein wenig geschaudert habe es ihn, und er wisse heute nicht mehr, ob ihm vor dem geschaudert hatte, was der Kleofas gesagt habe, oder vielleicht sogar ein wenig vor dem Kleofas selbst. Niemand sonst habe solche Sachen gesagt, damals. Man sei der Auffassung gewesen, die Natur werde überhaupt erst erträglich durch den Eingriff des Menschen. Es seien viele Menschen arm gewesen damals. Man habe ums Überleben kämpfen müssen. Noch in der Jugend seiner Eltern seien in strengen Wintern kleinere Orte rund um Bergreichenstein monatelang von der übrigen Welt abgeschnitten gewesen, so daß man die Kranken nicht habe behandeln lassen können. Die Toten habe man nicht begraben können, sondern neben die Hütte in den gefrorenen Schnee gelegt; und als der Winter vorbei gewesen sei, da seien die Menschen bleich und verkommen die Hänge ins Tal hinabgerannt und hätten kein Wort sprechen können vor Entsetzen. Was zählten ein paar hundertjährige Fichten, wenn Wege und Straßen entstehen konnten, die die Orte miteinander verbanden? Und wog der Reichtum an Preiselbeeren, die die abgeholzten Hänge bedeckten, nicht die Bäume, die es ohnehin überall gab, auf? Es sei damals nicht leicht gewesen, den Reden des Kleofas Glauben zu schenken, der mitten im Wald Bäume vermißte, der inmitten von Pilzen von Kahlheit sprach. Der Kleofas habe den Fortschritt von Grund auf abgelehnt, sagte mein Vater. Ihm selbst sei natürlich ein Rätsel gewesen, warum. Wegen der Borkenkäferplage aus dem Jahre 1870 zum Beispiel hätten so viele Bäume gefällt werden müssen, daß sich daraus eine Holzindustrie entwickelte. Die Holzfabrik sei nirgendwo anders als in Bergreichenstein gebaut worden. Es habe sich Wohlstand ausgebreitet. Der Kampf ums Überleben sei weniger hart geworden. Die Realschule, sagte mein Vater, 25 Wirtshäuser, das Schwimmbad. Bergreichenstein sei der erste Ort Böhmens gewesen, der

Elektrizität bekommen habe. Er wisse noch genau, wie zwei Elektriker aus Wien gekommen seien; das seien rechte Draufgänger gewesen, mit schmalen Oberlippenbärtchen und blitzenden Augen, die seien hoch in den Masten gehangen und hätten den unsichtbaren Strom geleitet. Die Mütter hätten auf ihre Töchter aufpassen müssen, so schneidig seien die beiden jungen Elektriker gewesen. Und er selbst sei als Kind so stolz auf den Strom gewesen, daß er oft einfach nur so unter den Masten gestanden und hinaufgeschaut habe, dorthin, wo es, besonders wenn die Luft feucht gewesen sei, geschwirrt habe, als ob unzählige Käfer dort gesessen hätten.

Oder das Schwimmbad, sagte mein Vater. Es habe damals lange Diskussionen gegeben, ob so ein Schwimmbad unmoralisch sei, und schließlich hätten die Sozialisten sich durchgesetzt, und das Schwimmbad sei gebaut worden, und da hätten die Menschen in Bergreichenstein das Schwimmen erlernt, wenigstens die jüngeren, und er selbst habe den ganzen Sommer lang statt der Unterhose immer nur die Badehose angehabt, so gern sei er schwimmen gegangen.

Der Kleofas habe über all das nur verächtlich gelacht.

»Wo nehmen sie sie denn her, die Elektrizität?« habe er gefragt und seine Frage gleich selbst beantwortet. Es seien jedenfalls nicht die Käfer, die sie summend erzeugten, sondern die Flüsse, die aufgestaut würden. »Sollen die Menschen doch«, habe der Kleofas gesagt, »schlafen gehen in der Nacht.«

Eines Tages habe der Kleofas ihn mitgenommen zum Teufelssee. Viele Stunden seien sie durch den Böhmerwald gewandert, bis sie den See erreicht hätten. Sein Anblick sei überwältigend gewesen. An drei Seiten sei er vom Wald begrenzt gewesen und an der vierten Seite sei eine Felswand aufgestiegen, an deren Vorsprünge sich kleine zähe Sträucher geklammert hätten. Und obwohl der Wald ringsum schwarz gewesen sei und der Fels dunkel seinen Schatten auf ihn geworfen habe, sei der See selbst hellblau gewesen. Das Wasser sei so klar gewesen, daß man jeden Stein auf seinem Grund gesehen habe. Merkwürdigerweise habe kein Vogel seine Ufer belebt, kein Insekt sei über das Wasser gesummt, keinen Fisch und kein anderes Wassertier habe er in der durchsichtigen Tiefe gesehen.

Mein Vater schwieg und beschattete seine Augen mit der rechten Hand.

Der Kleofas habe ihn um die eigene Achse gedreht, fuhr er dann, die Hand über den Augen, fort, was gar nicht seine Art gewesen sei, da er ihn überhaupt selten berührt habe. Er solle sich, habe der Kleofas dabei gesagt, nur ein letztes Mal umsehen, bevor alles für immer aus sei.

Dann sagte mein Vater nichts mehr. Er schüttelte sich, stand leichtfüßig auf und knipste das Licht an. Meine Mutter wachte mit einem kleinen Schrei auf.

»Und dann?« fragte ich, »was ist dann aus dem Kleofas geworden?«

»Vergiß es«, sagte mein Vater. »Eines Tages ging er davon und kam nie mehr wieder. Auch Nachricht traf nicht von ihm ein.«

Die Beichte

Ich war dreizehn oder vierzehn Jahre alt, und es war kurz vor Ostern, als meine Mutter mich aufforderte, beichten zu gehen. Ich hielt mich für erwachsen und fand, das ginge sie eigentlich nichts mehr an. An gewöhnlichen Sonntagen weigerte ich mich bereits seit geraumer Zeit, die Messe zu besuchen, und von der Beichte war längst nicht mehr die Rede gewesen. Meine Mutter fand aber – wahrscheinlich war Föhn, oder sie hatte Ischias –, ich müßte wenigstens vor Ostern beichten. Da nicht mit ihr zu reden war, erklärte ich mich, um zu Ostern Streit zu vermeiden, zur Beichte bereit, verließ unsere Wohnung und besuchte meine Freundin, die ein paar Straßen weiter wohnte und auch nicht zur Beichte ging. Ich weiß nicht mehr, was wir an jenem Nachmittag unternahmen, ich weiß nur noch, daß ich nach einiger Zeit nach Hause ging und die ganze Sache mit der Beichte dann vergaß. Bis zum Ostersonntag in der Messe. Da wurde mir kurz vor der Kommunion schlagartig klar, daß ich nicht gebeichtet hatte, daß man aber von mir erwarten würde, zur Kommunion zu gehen.

Ich weiß nicht, was mich am stärksten davon abhielt, es zu tun. Die Scham, etwas Unrechtes oder der Stolz, etwas Richtiges zu tun. Ich blieb jedenfalls steif in meiner Kirchenbank sitzen und starrte auf den Pfarrer, der immer wieder einen weißen Oblatenlaib hochhielt, um ihn dann auf einer der ihm entgegengestreckten Zungen verschwinden zu lassen.

Als wir die Kirche verlassen hatten, bemerkte ich gleich das Schweigen meiner Eltern. Auch ich sagte nichts.

Kurz vor der Haustür fragte mich meine Mutter, warum ich nicht bei der Kommunion gewesen sei. Ich sagte, ich hätte keine Lust gehabt. Worauf wir wieder schwiegen. Wir aßen auch schweigend das Osterlamm, das heißt die Keule, die ein bißchen zäh geworden war, und nach dem Essen trocknete ich sogar freiwillig das Geschirr ab.

Am Nachmittag klärten sich dann die Fronten. Mein Vater fragte: »Warst du bei der Beichte?« Und ich sagte: »Ja.« Aber er glaubte mir nicht, was ich an dem neuerlichen Schweigen erkannte. Nach einer weiteren Stunde, ich hatte mich in mein Zimmer zurückgezogen, während meine Eltern im Wohnzimmer miteinander tuschelten, bat mich mein Vater in sein Arbeitszimmer. Ich verstand zuerst nicht, was er meinte, denn mein Vater hatte gar kein Arbeitszimmer. Aber er meinte das Eßzimmer, in dem ein Bücherschrank stand, den mein Vater selbst gezimmert hatte. Dieser Bücherschrank hatte in der Mitte eine Klapplade, auf der mein Vater für gewöhnlich seine Post erledigte. Oder Rechnungen in einen Ordner heftete.

Nachdem ich meinem Vater in das Eßzimmer gefolgt war, klappte er die Lade des Bücherschranks herunter und setzte sich davor. Ich blieb seitlich an der heruntergeklappten Lade stehen. Eine Weile starrte mein Vater vor sich hin, in Richtung der Ordner, die hinten in dem Klappschrank standen. Ich erinnere mich an einen besonders dicken Ordner, auf dem »Testament« stand, denn das wunderte mich. Bei uns gibt es gar nichts zu erben.

Nachdem mein Vater und ich eine Weile auf seine Ordner gestarrt hatten, drehte er sich plötzlich zur Seite und sah mich an. Ich schaute an ihm vorbei auf die Birke, die damals noch vor unserem Eßzimmer stand. Heute ist sie weg, weil sich meine Eltern bei der Wohnbaugesellschaft darüber beschwerten, daß die Birkenblätter ihre Regenrinne verstopften und die Vögel dann in der mit Blättern verstopften Regenrinne Würmer suchten und einerseits der Regen, der nicht abrinnen konnte, durch die Fensterritzen in das Eßzimmer meiner Eltern tropfte und andererseits die nach Würmern durchwühlte Erde auf unsere Eßzimmerfensterscheiben rieselte. Die Wohnbaugesellschaft ließ daraufhin die Birke absägen.

Mein Vater forderte mich auf, ihn anzusehen. In einem bestimmten Alter gibt es nichts Peinlicheres, als seinen Eltern in die Augen zu schauen.

Ich schaute zuerst noch eine Weile auf das Hellgrün der Birkenblätter, dann schaute ich auf das von meiner Tante Juli gestickte Seerosenbild, das neben dem Fenster hing, dann auf den Bücherschrank. Ich weiß genau, daß ich auf den *Kampf um Rom* von Felix Dahn schaute, dann schaute ich noch einmal auf die Ordner vor meinem Vater, und dann schaute ich ihm in die Augen. Mein Vater hatte schmale Augen, fast Schlitzaugen, die ich immer sehr mochte, da sie für mich etwas Asiatisches hatten, obwohl sie graublau waren. Sie lagen schräg und so tief, daß die Lider fast gar nicht sichtbar waren. Darüber hatte mein Vater lange, aber nicht besonders dichte Augenbrauen.

Als ich meinem Vater in die Augen sah, fragte er mich noch einmal, ob ich bei der Beichte gewesen sei.

Ich sah mitten hinein in das Graublau mit den schwarzen Punkten in der Mitte. Sie sahen aus wie Regentropfen, die im Sommer in den Pichlingsee fallen und konzentrische Kreise bilden. Die Kreise überschneiden sich.

Während mein Vater und ich uns an jenem Ostersonntag, an dem ich nicht zur Kommunion gegangen war, in die Augen sahen, hatte ich mit einem Male das Gefühl, nicht er hätte mich etwas gefragt, sondern ich ihn, und seine Augen zuckten wie die der Politiker im Fernsehen, wenn sie logen.

Aber dann fragte mein Vater mich ein drittes Mal, ob ich bei der Beichte gewesen sei, und ich sagte ein drittes Mal: »Ja.«

Mein Vater sah als erster weg. Ich glaube, auch er schaute nun auf die Seerosen meiner Tante Juli und dann auf die Birke. Ich stand noch eine Weile neben der heruntergeklappten Schranktür. Dann ging ich fort.

Einmarsch

Obwohl links neben dem Haus, in dem meine Tante Juli wohnte, eine Holzfabrik lag, in der den ganzen Tag Holz gesägt wurde, und rechts die stark befahrene Ausfallstraße von Wels, auf der beinahe ununterbrochen schwere Lastwagen vorbeidonnerten, und jenseits der Ausfallstraße die Kaserne und der neue Militärflughafen, bin ich früher gerne zu meiner Tante Juli auf Besuch gefahren.

Das Zimmer, das sie sich auf Lebenszeit ausbedungen hatte, als sie das ehemalige Bauernhaus nach dem Tod ihres Mannes verkauft hatte, war länglich. Man kam vom Flur gleich in die Küche beziehungsweise in den Kochteil des Zimmers. Meine Tante Juli hatte noch einen Kohleherd zum Kochen, und ich habe ihr immer gerne zugeschaut, wenn sie dort Kaffee gekocht hat. In der Mitte des Zimmers war der Schlafteil. An der Wand stand ein massives Holzbett, in dem sie später gestorben ist. Im hinteren Teil stand ein großer Holztisch mit einer Holzbank und zwei Stühlen. An den Wänden hingen ihre Bilder. Meine Tante Juli stickte nicht nur, sie malte auch. Hauptsächlich Blumen in Blumenvasen, aber auch Wälder mit Rehen und Hirschen drin.

Ich habe ein Foto, da steht meine Tante Juli mit dem Bürgermeister von Wels, der ihr zum 80. Geburtstag gratuliert, vor ihren Bildern. Direkt über dem Kopf meiner Tante hängt ein Bild mit Glockenblumen in einer blauen Glasvase. Über dem Kopf des Bürgermeisters ragt ein Frühlingswiesenblumenstrauß aus einer dickbauchigen weiß-grünen Tonvase heraus. Meine Tante Juli hat eine Schürze an, und der Bürgermeister schaut sehr verlegen aus.

Der Teil des Zimmers, in dem der Tisch stand und die Bilder hingen, hat mir immer am besten gefallen. Es roch dort nach Bauernhof, obwohl der neue Besitzer des Hauses gar keine Landwirtschaft mehr betrieb. Er besaß die Holzfabrik.

Wir fuhren immer mittwochs zu meiner Tante Juli. Meine Mutter kam meist nicht mit. Als ich kleiner war, malte ich an dem Holztisch meiner Tante sitzend mit ihren Ölfarben von ihren Bildern Blumen in Blumenvasen ab. Später lehnte ich meistens auf einem Polster im Fenster und gab vor, auf den Start eines Flugzeugs zu warten. Es startete aber fast nie eins. Dafür sah man vom Fenster aus den Schlagbaum am Eingang zur Flughafenkaserne. Manchmal lächelte mir einer der an diesem Schlagbaum wachhabenden Soldaten zu. Und wenn mein Vater mich dann in die Konditorei schickte, um Kuchen zu holen, dann pfiffen die Soldaten hinter mir her.

Meine Tante Juli war Zeugin Jehovas und glaubte, daß jeder, der streng nach der Bibel lebe, ewig leben könne, eine Sache, die mein Vater besonders einfältig fand. Ich erinnere mich an viele Gespräche, in denen es darum ging, während ich an dem Holztisch saß und Blumen malte. »Juli«, hat mein Vater oft gesagt, »soll es denn bis jetzt keinen einzigen Menschen gegeben haben, der streng genug nach der Bibel gelebt hat?« Aber da hat meine Tante Juli nur gelächelt.

Wenn meine Mutter dabei war, was nur im Sommer der Fall war, weil die Tante im Winter das ganze Zimmer allein mit dem Küchenherd heizte, so daß es im hinteren Teil ziemlich kalt war und meine Mutter deshalb einmal einen Ischiasanfall erlitten hatte, ging es meistens darum, daß die Sekte meiner Tante Juli Fernseher und Radiogeräte verbot. »Du bist doch abgeschnitten von der Welt«, sagte meine Mutter, die mit der Zeit immer mehr fernsah. Aber die Tante Juli war der Ansicht, die Welt werde sowieso im Jahre 2000 untergehen, und es sei deshalb gleichgültig, was vorher noch geschehe.

Eines Tages, mein Vater und ich befanden uns gerade auf der Fahrt nach Wels, wurde das Radioprogramm unterbrochen und vom Einmarsch der Russen in die Tschechoslowakei berichtet. Das war der 21. August 1968. Mein Vater fuhr auf den Parkplatz eines der großen Kaufhäuser, die es zwischen Linz und Wels gibt, und weinte.

Das wunderte mich. Denn er hatte immer gesagt, er wünsche den Tschechen einmal ein ähnliches Schicksal wie es die Deutschen nach 45 in der Tschechoslowakei erlitten hätten. Als wir dann weiterfuhren und im Autoradio von Panzern und Menschen, die sie aufhalten wollten, berichtet wurde und von der Alarmbereitschaft des österreichischen Bundesheeres, sah ich von meinem Vater weg aus dem Autofenster auf die Welser Heide, die aber auch damals nicht mehr wie eine Heide aussah, sondern eher wie eine große Müllkippe.

Meine Tante Juli wischte die Hände an ihrer Schürze ab, als mein Vater gleich bei unserem Eintreffen vom Einmarsch der Russen in die Tschechoslowakei berichtete. Er setzte sich zu ihr an den Holztisch, und sie begannen, wieder über die Zeugen Jehovas zu sprechen. Nur daß mein Vater diesmal meine Tante beschwor, aus der Sekte auszutreten. Er sagte, in der ganzen Familie sei niemand je in einer Sekte gewesen und auf der ganzen Welt habe nie jemand ewig gelebt. »Und unser Herr?« fragte meine Tante Juli. »Der ist auch gestorben«, sagte mein Vater, »genau wie wir.«

Ich lehnte mich auf das Polster im Fenster und sah zum Eingang der Flughafenkaserne hinüber. Dort stand ein großer blonder Junge mit geschultertem Gewehr und lächelte mir zu. Er war sehr hübsch, und während mein Vater auf seine Schwester einredete, zum katholischen Glauben ihrer Väter zurückzukehren, wäre ich am liebsten hinuntergelaufen und hätte mich an den Schlagbaum gelehnt.

Bescherung

Den Hugo kenne ich nur von der Stimme her. Ich hörte sie Weihnachten 1968 oder 69 oder 70 zum ersten- und zum letztenmal.

Es war am Nachmittag des 24. Dezember. Die Bescherung hatte bereits stattgefunden, weil meine Mutter es nie aushielt, mit der Bescherung bis nach dem Abendessen zu warten. Manchmal fand sie schon zu Mittag statt, so neugierig war meine Mutter.

Im Ofen schmorte die Ente, und wir saßen an dem Tisch, dessen Längsseite mein Vater besetzt hielt, um von dort aus wie jede Weihnachten ein Stück aus dem Lukasevangelium vorzulesen. Auf dem Tisch neben ihm lagen Stapel von Silberpapier und diverse Geschenke. Auf dem Weihnachtsbaum neben dem Fernseher brannten elektrische Kerzen.

Im Lukasevangelium war die Rede von der Geburt Christi im Stall und dem Glanz des Herrn und dem Engel, der sagt: »Fürchtet Euch nicht, denn ich verkünde Euch eine große Freude.« Die Stimme meines Vaters zitterte immer ein wenig an der Stelle, und schwoll dann an bei: »Heute ist Euch in der Stadt Davids der Retter geboren.«

Danach saßen wir beim Schein der elektrischen Weihnachtskerzen, die aber wie echte Kerzen flackerten, auf der Couch und hörten Weihnachtslieder im Fernsehen. Die Ente war noch nicht durch. Da fiel meiner Mutter die Platte von ihrem Bruder Hugo ein, aufgenommen Weihnachten 1943 im Feldlazarett in Rußland, einen Monat bevor er entweder in einem eisigen Fluß ertrank oder im Schnee erfror oder von einer Granate zerfetzt wurde oder einfach nur vor Hunger und Erschöpfung starb.

Während meine Mutter die Platte suchte, hielt der Bundespräsident im Fernsehen eine Ansprache. Aber weil mein Vater den Ton abgedreht hatte, öffnete und schloß er nur lautlos den Mund.

Meine Mutter sagte, sie habe die Platte lange nicht mehr gespielt, weil man sie nur ungefähr hundertmal spielen könne. Dann sei sie verbraucht und gelöscht. Damals im Krieg, sagte sie, in den Schützengräben und Feldlazaretten, habe man ja das Material nicht gehabt. Meine Mutter fand die Platte dann in einer Schachtel mit alten Fotos. Sie sah aus wie eine meiner Singles, wurde aber noch mit 78 Umdrehungen gespielt. Heute könnte man so eine Platte wahrscheinlich gar nicht mehr spielen. Die modernen Plattenspieler sind für so etwas nicht eingerichtet.

Mein Vater, der einen uralten Plattenspieler hatte, verstellte nur einen Hebel, hob den Plattenarm und setzte vorsichtig die Nadel auf. Zuerst hörte man gar nichts. Nur Knacksen und das Geräusch, das die Nadel macht, wenn sie über eine gewellte Platte holpert. Ich dachte schon, die Aufnahme sei gelöscht, als plötzlich eine helle Jungenstimme in dem Geknackse und Geholpere zu hören war. Zuerst schien sie weit weg, aber dann kam sie näher. Die Stimme wünschte den Eltern, den Geschwistern und ganz besonders dem kleinen Otti ein frohes und gesegnetes Weihnachtsfest. Dann knackste es wieder eine Weile vor sich hin, und dann sagte die Stimme, wieder weiter weg, es ginge ihr gut und nächste Weihnachten sei sie bestimmt bei ihren Lieben. Und, jetzt sehr weit weg: »Ich wünsche uns allen einen guten Frieden.« Dann knackste es noch einmal lange, und die Platte war aus.

Wir saßen eine Weile schweigend da, und ich weiß noch, daß ich wartete, daß jemand die Platte umdrehen würde. Aber mehr war nicht drauf.

Als die Ente durch war, knipste mein Vater die Wohnzimmerlampe an, und meine Mutter deckte den Tisch. Wir tranken Sekt und aßen die Ente, die mit Orangenscheiben gefüllt war. Im Fernsehen liefen lautlos verschiedene andere Weihnachtsansprachen.

Nachts ging ich dann nicht in die Weihnachtsmette mit. Ich blieb im Wohnzimmer im Dunkeln sitzen und legte die Platte immer wieder auf. Sie war ganz weich und wurde vom Spielen warm. Je öfter ich sie spielte, desto leiser wurde die Stimme. Ich wußte, daß ich die Platte löschte. Am Ende stand ich mit dem Ohr am Lautsprecher und hörte sie nur mehr knacksen und holpern.

Der alte Mann aus dem Keller

Der Hans erinnert sich nicht daran, je gehört zu haben, daß der Alte als junger Mann Benediktinermönch gewesen sei. Er erinnert sich nur, daß er irgendwann einmal ein Heim für schwererziehbare Jugendliche geleitet, bevor er sich dann nach Albanien abgesetzt und dort in der Landwirtschaft gearbeitet haben soll. Als er in Linz auftauchte, war er jedenfalls schon alt und ziemlich verkommen. Er mietete einen Keller in der Humboldtstraße (oder, ich weiß nicht, vielleicht hat der Stefan den Keller für ihn gemietet oder die Frau von Stefan), stellte ein altes Sofa, einen großen Küchentisch und eine Offset-Druckmaschine hinein und machte aus dem Keller bald einen berüchtigten Schülertreff. Das heißt, eigentlich machten der Stefan und der Berthold einen berüchtigten Schülertreff aus dem Keller. Der Alte trat ja nie in Aktion. Ich kann mich nicht einmal erinnern, daß er überhaupt je etwas gesagt hätte. Ich erinnere mich nur, daß er auf dem Sofa lag und selbstgedrehte Zigaretten rauchte. Seine Finger waren ganz gelb. Außerdem erinnere ich mich, daß er schwarze Fingernägel hatte und Socken mit großen Löchern. Deshalb war ich ja so erstaunt, als die Mutter von meiner Schulkollegin Gitti am Ende sagte, er sei einmal Benediktinermönch gewesen.

Inzwischen ist er gestorben. Der Hans hat das vom Berthold erfahren, der heute mit dem Stefan und anderen zusammen im Mühlviertel in einem Bauernhaus lebt, Pferde züchtet und das Land bestellt. Der Hans sagt, sie seien alle sehr fleißig, und die Pferde seien schön und kräftig. Die Frau vom Stefan, sagt der Hans, sei besonders tüchtig. Es sei eine von den Frauen, mit denen man nach Kanada gehen und die Wälder dort abholzen könne.

Die Frauen, die der Stefan früher hatte, waren nicht so tüchtig. Sie haben sich beide umgebracht. Zuerst hat sich seine Frau umgebracht und später die Gitti. Das war in der Zeit, in der ich regelmäßig in den Humboldtkeller ging. Heimlich, denn der Humboldtkeller war, wie gesagt, in Linz berüchtigt. Und zwar seit dem Tag, an dem der Berthold vor dem Kevenhüller Realgymnasium die Schülerzeitschrift, die anfangs nur der Stefan und er schrieben und der Alte druckte und die »Fleck« hieß (was in der Schülersprache »ungenügend« bedeutete), in einem Kinderwagen vor sich hergeschoben und an die Kevenhüller Schüler verteilt hatte. Daß er sie auch einem Kevenhüller Lehrer aushändigte, der dann, nachdem er die Zeitschrift gelesen hatte, auf den Schulhof stürzte, dem Berthold den Kinderwagen umschmiß und die Schülerzeitschrift »Fleck« mitten auf dem Schulhof anzündete, stand am nächsten Tag in allen Linzer Zeitungen. Trotz unzähliger Anzeigen und Verbote erschien die Zeitschrift unter verschiedenen Namen – ich erinnere mich nur noch an den Namen »Pinsch« (was in der Schülersprache das gleiche wie »Fleck« bedeutete) – immer wieder. An einigen Nummern habe ich auch mitgearbeitet.

Die erste Nummer vom »Fleck«, die den Lehrer der Kevenhüller Schule dahin gebracht hatte, den Kinderwagen umzuschmeißen und die Zeitschriften anzuzünden, hatte einen Comic auf der Titelseite, in dem eine Menge kleiner, sehr herzig aussehender Spermien um die Wette jagen, um ein Ei zu befruchten. Eines schafft es dann, und der Ratschlag der Redaktion der Schülerzeitschrift ist, Präservative zu verwenden, um die Kerle an der Befruchtung zu hindern. So was war damals ein Skandal. Obwohl es harmlos war gegen das Flugblatt, an dem der Hans und ich mitgearbeitet hatten und das der Berthold dann vor der Kirche an die Erstkommunikanten verteilte. Da war vorne ein Gottesauge in Form eines großen weiblichen Geschlechtsorganes aufgezeichnet. Darunter stand: »Gottes Auge alles sieht, auch was in dunkler Nacht geschieht.« Und wieder darunter: »Laßt euch nicht von verklemmten Religionslehrern einschüchtern! Onanieren ist gesund!«

Da Erstkommunikanten ja höchstens zehn oder elf Jahre alt sind – oder, ich weiß auch nicht, vielleicht sogar nur neun –, wurde der Berthold gleich mehrfach angezeigt. Er war nachher sehr froh, daß er uns daran gehindert hatte, die Flugblätter auch noch selbst vor der Kirche zu verteilen. Der Berthold, der Stefan und der Alte hatten wohl dauernd irgendwelche Prozesse laufen; aber sie haben uns da nie hineingezogen. Wir fanden es jedenfalls das Natürlichste überhaupt, daß sie ständig vor Gericht mußten. Ich glaube, wir haben nie einen Augenblick daran gedacht, daß man sie einsperren könnte, und tatsächlich haben weder der Berthold noch der Stefan noch der Alte meines Wissens je im Gefängnis gesessen, was ja im Grunde ein Wunder war und mich insofern doch noch an eine Gerechtigkeit glauben machte.

Ein anderes Flugblatt, an dem der Hans und ich mitwirkten, war das gegen die Sexmesse. Die Überschrift des Flugblattes lautete: »Wollen Sie wieder mal ficken? Hier können Sie es NICHT!« Der Text des Flugblattes ging dann mit der Aufforderung weiter, sich doch, statt käuflich technische Hilfsmittel zu erwerben, auf der Stelle unentgeltlich miteinander zu vereinigen. Auch da verhinderte der Berthold, daß der Hans und ich uns an der Verteilung der Flugblätter beteiligten. Ich weiß noch, daß der Hans zu mir sagte, der Berthold solle sich nicht so anstellen. Schließlich seien wir nicht strafmündig.

Der Hans war damals mein Freund. Er hatte ein faltiges Indianergesicht, lange Locken und einen Parka, auf dem eine siebenstellige Nummer stand; eine Gefängnisnummer, wie er selbst sagte. Der Hans war in der Schule bereits einmal sitzengeblieben, als ich ihn kennenlernte, kannte aber den Goethe-Faust besser als meine Deutschlehrerin. Außerdem erklärte er mir, warum der Beckett viel besser sei als der Ionesco, und ich tat so, als hätte ich beide auch gelesen.

Wir versuchten oft, miteinander zu schlafen, was uns lange nicht gelang. Im Frühsommer gingen wir fast täglich zu dem Zweck in die Trauner Auen, in deren Nähe der Hans wohnte. Er hatte stets seine riesige Schultasche dabei, in die er eine Decke, seine Präservative und verschiedene Cremesorten gepackt hatte. Ich weiß nicht mehr, warum es uns eigentlich so lange nicht gelungen ist, miteinander zu schlafen. Ich erinnere mich nur, daß der Hans einmal eine Blockflöte aus seiner Schultasche geholt und lange darauf gespielt hat. Und obwohl das unmöglich besonders schön gewesen sein kann – der Hans war und ist immer noch genauso unmusikalisch wie ich –, habe ich in Erinnerung, daß es mir vorkam wie die schönste Musik, die ich je gehört hatte. Und der Hans saß da wie ein Indianer: groß, braun und nackt.

Irgendwann gelang es uns dann doch, miteinander zu schlafen. Als wir am Abend desselben Frühsommertages im Arbeitskreis »Sexualität« im Humboldtkeller mit den anderen darüber diskutierten, ob Geschlechtsverkehr mit Kindern und Tieren straffrei sein sollte oder nicht, waren wir sehr erleichtert. Wir hatten endlich nicht mehr das Gefühl, man könnte uns am Ende vielleicht doch ansehen, daß wir noch gar nicht miteinander geschlafen hatten.

Der Alte hat sich, wie gesagt, nie an unseren Diskussionen beteiligt. Nur gelächelt hat er manchmal. Heute glaube ich, daß er schön war. Damals kam er mir sehr häßlich vor. Irgend etwas stimmte mit seinen Zähnen nicht. Entweder fehlten welche, oder er hatte Goldplomben. Jedenfalls fand ich ihn grauslich. Mir gefiel damals auch die Frau vom Stefan nicht, obwohl ich heute glaube, daß auch sie schön war. Sie hatte kurze blonde Haare, hohe Backenknochen und war sehr dünn. Außerdem war sie Chemikerin und arbeitete in der VÖEST oder in den Stickstoffwerken. Es hieß damals, sie bezahle den ganzen Laden. Eines Abends, wir diskutierten gerade über antiautoritäre Erziehung oder über repressionsfreie Sexualität oder etwas Ähnliches, da kam sie zum ersten- und letztenmal in den Humboldtkeller. Niemand von uns Schülern hatte sie vorher je gesehen. Ich weiß noch, daß sie ein dunkles Kostüm mit kurzem Rock und Stöckelschuhe trug, denn ich fand das damals ziemlich bürgerlich, und daß sie zur Begrüßung den Alten umarmte, was sonst nie jemand getan hatte. Dann setzte sie sich zu dem Alten aufs Sofa, zündete sich eine Zigarette an, sah die ganze Zeit zum Stefan hinüber und sagte schließlich: »Mir reicht's.« Sonst nichts. Der Stefan sagte auch nichts. Nachdem sie die Zigarette geraucht hatte, nahm sie den Ehering vom Finger und legte ihn auf den Eßtisch. Dann füllte sie einen Scheck aus, legte ihn daneben und ging. Ein paar Tage später sagte der Berthold, daß die Frau vom Stefan sich umgebracht habe. Ob da die Gitti schon mit dem Stefan gegangen ist, weiß ich nicht. Ich weiß nur, später, als sie ein paar Monate vor der Matura plötzlich in der Chemiestunde aus dem Klassenzimmerfenster kletterte und von draußen erklärte, Lastkraftwagenfahrerin zu werden, da lebte sie schon mit ihm zusammen.

Am Ende ist alles durch die Gitti aufgeflogen. Beziehungsweise durch ihre Mutter. Die Gitti muß nämlich, nachdem sie zum Stefan gezogen war, die Schule abgebrochen und tatsächlich einen Kurs für Lastkraftwagenfahrer in der Fahrschule belegt hatte, ihrer Mutter alles über den Humboldtkeller erzählt haben. Sie muß kurz vor ihrem Tod eine Art Generalgeständnis abgelegt haben, aus Rache oder als Reinigung oder auch, wie es hieß, nur einfach so. Jedenfalls wußte die Mutter von der Gitti alles, als sie meine Mutter anrief. Glücklicherweise hat sie aber bei dem Gespräch eine Art Nervenzusammenbruch erlitten, jedenfalls sagte meine Mutter nach dem Gespräch, die Frau sei völlig hysterisch gewesen und habe stockend irgend etwas erzählt von Unzucht mit Tieren, mißbrauchten Kinderwägen und einem exkommunizierten Benediktinermönch, der seit seinem Ausschluß aus der Kirche nur mehr ein einziges Ziel habe, nämlich die Jugend zu verderben.

Obwohl meine Mutter angeblich kein Wort von dem glaubte, was die Mutter von Gitti ihr erzählte, verbot sie mir doch, jemals wieder in den Humboldtkeller zu gehen. Um sicherzugehen, daß ich das Verbot auch einhielt, holte mich mein Vater von da an täglich mit dem Auto von der Schule ab. Es gelang mir trotzdem noch ein paarmal zu entwischen und in den Humboldtkeller zu gehen. Der Alte lag dann immer auf seinem Sofa, rauchte selbstgedrehte Zigaretten und mischte sich nicht in unsere Diskussionen ein. Nur manchmal lächelte er.

Die Mitgliederversammlung

Die Mitgliederversammlungen des Kommunistischen Studentenverbandes begannen immer um acht Uhr abends und dauerten mindestens drei, manchmal vier oder fünf Stunden. Meist ging es dabei um die soziale Lage der Studenten, die Misere der bürgerlichen Wissenschaften, um bündnispolitische Fragen, kurz-, mittel- und langfristige Zielsetzungen, um die Einschätzung letzter Parteibeschlüsse und Ähnliches.

Die Versammlungen fanden im großen Sitzungssaal des kommunistischen Parteiheimes statt, der ziemlich kahl war. Bis auf Porträtfotografien von verdienten österreichischen Kommunisten, die ringsum an den Wänden hingen. Ich kannte keinen von ihnen. Unter den Fotografien standen Stühle und Tische im Rechteck. An der linken Kopfseite saßen die Leitungsmitglieder. Ich saß meistens in der Mitte rechts, denn das war der Platz, von dem aus ich am besten aus den Fenstern des Parteiheimes sehen konnte, das in der Elisabethstraße lag, wo auch der Salzburger Strich war. Ich sah die Autos vorbeifahren oder vor einer Verkehrsampel halten, Prostituierte auf und ab gehen und Zuhälter mit Hunden, so groß wie Kälber, das Café Domino gegenüber betreten und verlassen.

Die Fenster des Sitzungssaals waren während der Mitgliederversammlung geschlossen und wurden nur in den Pausen zwischen den Tagesordnungspunkten geöffnet. Was auch dringend nötig war, da meist nach kurzer Zeit eine dicke Rauchwolke über allem lag. Waren die Fenster geöffnet, hörte man ab und zu das Lachen einer Prostituierten und das Hupen eines Autos. Waren die Fenster geschlossen, hörte man nichts.

Mir gefielen die Mitgliederversammlungen. Es war fast wie

früher, wenn ich sonntags in der Messe endlich einmal die Ruhe fand, nachzudenken oder einfach dazusitzen, was man sonst nie tun kann, weil man dauernd abgelenkt oder belästigt wird. Als Kind dachte ich mir immer verschiedene Ereignisse und Szenarien aus, die, weil ich sie mir bis in jede kleinste Kleinigkeit ausmalte, jeden Sonntag nur ein kleines Stück weitergedacht werden konnten. Vor der Kirche waren die Pferde angekoppelt, eine Meute meiner schwarzen Hunde jaulte, irgendwo dahinter lag das Meer, und ich sah mich in einem Tempel mit Glasfenstern sitzen, auf denen Lämmer weideten.

Während der Mitgliederversammlung des KSV leuchtete das Licht der Verkehrsampel durchs Fenster. Wenn es regnete und der Asphalt naß war, spiegelte sich das Licht im Asphalt. Von Zeit zu Zeit blieb ein Auto stehen. Manchmal sprach eine Prostituierte lange mit dem Fahrer, der sein Fenster hinuntergekurbelt hatte, und stieg dann nicht ein. Das Auto fuhr zur nächsten Prostituierten. Entweder, dachte ich, der will den Preis nicht zahlen, oder er will etwas Spezielles.

Während der Erich sich vorbeugt und »Genossen« sagt und: »Das Anwachsen der Streikkräfte der Arbeiterklasse bringt uns den gesetzten Zielen langfristig unaufhaltsam näher«, steigt eine große wasserstoffblonde Prostituierte in ein gelbes Sportauto. Der Blinker blinkt orange im nassen Asphalt. Wohin fahren die Prostituierten eigentlich mit ihren Freiern? Sie haben doch gleich um die Ecke ihre Apartments.

Es war ein stiller, fast lautloser Strich in der Elisabethstraße. Nur im Sitzungszimmer gab es Lärm, da wurde manchmal laut gebrüllt. Aber ich erinnere mich nicht, warum. Ich sehe nur Münder auf- und zugehen, Körper sich vor- und zurückbeugen. Ich sehe in Hände gestützte Gesichter, Köpfe, Blicke, die sich kreuzen, Augen, die kurz aufleuchten, niedergeschlagen werden, ich sehe Finger auf den Tisch klopfen, in der Nase bohren, die Stirn reiben. Blöcke, Stifte, Kugelschreiber, Zigaretten, ein Flugblatt segelt vom Tisch; vor der Ricki liegen Bücher mit Lesezeichen darin. Im Sommer sah ich draußen, im Lichtkegel der Laternen, Motten und Käfer kreisen und im Winter den Schnee fallen.

Wer putzte eigentlich die vielen hohen Fenster im Sitzungssaal? Wahrscheinlich die Lore, die Frau des Parteisekretärs, der mit ihr im ersten Stock zwei Zimmer bewohnte.

Einmal, im Sommer, passierte etwas Seltsames. Es geschah spätnachts während einer dieser Versammlungen, die sich endlos hinzogen, weil es immer noch einen oder zwei Genossen gab, die in einer bestimmten Frage der Meinung der Leitungsmitglieder widersprachen. Plötzlich hörten wir jemanden schreien. Es war ein eigentümlich monotoner, langgezogener, unheimlicher Schrei. Wir liefen aus dem Sitzungssaal und suchten alle drei Stockwerke des Parteiheimes ab, fanden aber niemanden. Der Parteisekretär und seine Frau kamen in Morgenmänteln aus einem Zimmer. Sie sagten, sie hätten schon geschlafen und nichts gehört.

Wir diskutierten den Vorfall noch lange. Es bildeten sich dazu drei Gruppen. Eine Gruppe war der Meinung, wir hätten uns alle verhört und der Schrei sei nicht aus dem Parteiheim, sondern von der Straße her gekommen, möglicherweise auch aus dem Garten hinter dem Parteiheim. Die zweite Gruppe meinte, der Schrei sei eindeutig aus dem Parteiheim gekommen und könnte daher nur von dem Parteisekretär oder seiner Frau gestammt haben, und die dritte Gruppe sprach von einer Katze im Keller. Als wir uns alle wieder notdürftig beruhigt hatten, wurde über den Weg abgestimmt, den wir bei unserer nächsten Innenstadt-Demo einschlagen sollten.

Petra hatte abgetrieben und erholte sich davon bei uns in der Wohngemeinschaft. Deshalb war soviel Watte im Haus.

Es war acht Uhr abends am 24. Dezember. Wir saßen in Werners Zimmer unter einer fast zwei Meter hohen Tanne, die wir kurz vor Geschäftsschluß von einem betrunkenen Tannenverkäufer in der Salzburger Innenstadt geschenkt bekommen hatten. Mit Petra waren wir zu sechst: Hans, von dem ich mich ein halbes Jahr vorher getrennt hatte, Paul, mit dem ich seither zusammen war, Werner, ein Politologiestudent, der in dem Haus schon mit zwei Wohngemeinschaften vor uns gelebt und deshalb das größte Zimmer mit Balkon im ersten Stock belegt hatte, Bernd, ich und eben Petra.

Bernd hatte sich an diesem Abend freigemacht. Er studierte seit Wochen so intensiv *Das Kapital*, daß er normalerweise sogar seine Mittagspause auf ein paar Minuten beschränkte, die er auf der Eieruhr einstellte. Wenn die Eieruhr läutete, sprang er auf und lief in sein Zimmer zurück, egal, wie weit er mit dem Essen war. Aber meistens war er mit dem Essen längst fertig, weil er sowieso immer alles möglichst schnell in sich hineinschlang. Bernds Eltern waren Unternehmer, ich glaube, sie stellten Wein- und Spirituosenetiketten her, und hatten ein Haus am Mondsee, wo sie regelmäßig Abendessen für Geschäftsfreunde arrangierten, an denen Bernd in seiner Kindheit hatte teilnehmen müssen. Das, sagte er, habe ihm nachhaltig den Appetit verdorben.

Werner hatte ein Paket von seinen Eltern vor sich stehen. Er war der einzige, der keinen Ärger bekam, weil er Weihnachten nicht zu Hause verbrachte. Seine Eltern leiteten ein Kurhotel in Bad Schallerbach. Werner sagte, sein Vater sei froh, wenn er dort gar nicht erst auftauchte.

Wir waren gerade dabei, die Kekse, die in dem innen mit Weihnachtspapier ausgeschlagenen Paket gewesen waren, in sieben Häuflein zu sortieren, als Walter mit dem Stoff ankam. Er war außer Atem und sagte, es sei am 24. Dezember gar nicht so einfach, etwas davon aufzutreiben. Zumindest dann nicht, wenn man auf Qualität Wert lege. Während Petra und ich Baiserkringel an silbernen Fäden, die Hans zurechtgeschnitten und Paul zusammengeknüpft hatte, an die Tanne hängten, drehte Walter den ersten Joint. »Nur für die Köche«, sagte er, worauf er sich mit dem Joint und mit Werner und Chicco, seinem Kater, in die Küche zurückzog, wo sie sich daranmachten, Zwiebelsuppe zu kochen, eine Spezialität Werners. Walter assistierte ihm. Er schnitt die Zwiebeln, weil ihm die Augen davon nicht tränten.

Während wir im ersten Stock immer noch Baiserkringel aufhängten, hörten wir es aus der Küche kichern.

»Wenn das Telefon läutet, geh ich nicht ran«, sagte Hans, der Angst hatte, seine Mutter könnte anrufen, um ihn zu überreden, doch noch am Heiligen Abend nach Hause zu kommen. Paul zuckte die Schultern. Eine Weile saßen wir schweigend unter dem Weihnachtsbaum. Dann öffnete Bernd unsere Kerzenkiste mit verschiedenen Kerzen und Kerzenstummeln in verschiedenen Farben, die sich im Laufe des vergangenen Jahres angesammelt hatten. Die befestigten wir mit Hilfe von Petras Haarclips am Baum, löschten das elektrische Licht und zündeten die Kerzen an. Kurz darauf kam Walter aus der Küche zurück und drehte den ersten gemeinsamen Joint. Er war dick wie eine Zigarre. Ich spürte die Wirkung nicht gleich. Sie kam erst nachdem Werner die Zwiebelsuppe gebracht und aufgeteilt hatte und ich mitten im Essen plötzlich begriff, was für ein wunderbares Gemüse die Zwiebel ist. Der Toast war knusprig, der Käse zog sich, die Suppe war scharf vom Pfeffer und mild von der flüssigen Butter. Alles verband sich in Harmonie. Bis zu dem Augenblick, als es an der Haustür läutete.

Alle hörten auf zu essen. Wir sahen einander an. Hans war der erste, der sprach. »Meine Mutter«, sagte er leise.

»Blödsinn«, sagte Walter ebenso leise. Und, mit belegter Stimme: »Es kann nur ein Bulle sein.« Es läutete zum zweitenmal. Petra, die noch bleicher aussah, als sie ohnehin schon war, sagte: »Vielleicht suchen sie mich.«

»Ach was«, sagte Paul, »das ist mein Vater. Wahrscheinlich ist meine Stiefmutter gestorben.«

Ich kroch auf allen vieren zur Balkontür und sah durch den Vorhangspalt hinaus.

Zuerst sah ich nur den Schnee vor unserer Haustür. Dann sah ich einen Augenblick lang ganz deutlich meine Eltern. Sie standen unten im Schnee und waren sehr klein. Sie winkten und streckten ihre Arme nach mir aus. Ebenso plötzlich, wie sie gekommen waren, waren sie aber auch schon wieder verschwunden. »Ich sehe gar nichts«, sagte ich. Da läutete es zum drittenmal.

»Der Shit muß weg«, sagte Bernd, rührte sich aber nicht. Die Kerzen am Weihnachtsbaum flackerten. Es läutete jetzt lang und anhaltend.

»Klingt, als ob es dringend wäre«, sagte Paul.

Werner nahm das Bröckchen Haschisch, das in ein Stück Silberpapier eingewickelt vor ihm lag, und schlich damit auf Zehenspitzen ins Bad. Wir hörten die Toilettenspülung rauschen. Es klang wie ein Wasserfall nach der Schneeschmelze. Oder ein schlecht eingestelltes Megaphon, in das jemand Parolen brüllt. Mit einem letzten Aufjaulen verstummte die Wasserspülung. Es war jetzt ganz still. Keiner wagte etwas zu sagen. Aber es läutete nicht mehr.

Werners Hand zitterte, als er wieder zu essen anfing.

»Los, Leute«, sagte er, »wird ja alles kalt.«

Nachdem wir uns alle wieder über die Zwiebelsuppe hergemacht hatten – ich lauschte noch unwillkürlich den Geräuschen, die von der Straße hätten kommen können –, sagte Walter: »Vielleicht war es die Korb.«

Die Korb war die Hausbesitzerin, die uns genau gegenüber wohnte und den ganzen Tag im Fenster lag und uns beobachtete. »Sie wird gekommen sein, um uns frohe Weihnachten zu wünschen.«

»Ja«, sagte Werner, »die will auch mal was erleben.«

Walter war der erste, der lachte. Nach kurzer Zeit lachten wir alle. Sogar Petra. Wir lachten so laut und so lange, bis nichts mehr von der Stille draußen zu hören war.

»Alter«, sagte Walter irgendwann zu Werner, »vielleicht kriegen wir das Zeug ja wieder raus.« Er meinte den Shit im Klo.

»Und in Mondsee«, sagte Bernd, während Walter und Werner sich im Bad zu schaffen machten, »fressen sie jetzt Wachteleier.«

Hans, der einzige von uns, der aus einer Arbeiterfamilie kam, die, wie ich während der Weihnachtsfeier bei seinen Eltern im Jahr davor am eigenen Leib erfahren hatte, am Heiligen Abend Schweinskopf aß, lachte noch immer oder schon wieder, bis er sich an der Suppe verschluckte. Paul und ich klopften ihm auf den Rücken.

Nachdem Walter und Werner unverrichteter Dinge wieder aus dem Bad zurückgekommen waren – »Der Stoff schwimmt längst in der Salzach«, sagte Walter –, aßen wir die Weihnachtskekse von Werners Mutter auf. Dann kamen die Baiserkringel dran. Und schließlich die alte Schokolade, die Hans in seinem Wäscheschrank gesucht und gefunden hatte.

Wir aßen und lutschten und kauten und schluckten. Mitten im Zimmer stand die Zwei-Meter-Tanne und strahlte. Die Watte, mit der sie dicht behangen war, machte weiße Flecken im Licht.

Werner öffnete die Balkontür. Kalte, frisch riechende Winterluft kam ins Zimmer und prickelte auf der Haut. Draußen, auf Werners Balkon, lag hoch der Schnee.

Der Club der politisch interessierten Frau

Ich weiß bis heute nicht, ob es an mir lag oder an den Frauen oder vielleicht doch an ihm. Ich hätte ihn gern für mich gehabt, und wäre es auch nur für eine Weile gewesen. Ich hätte ihn gern kennengelernt. Aber vielleicht war ich doch zu verstrickt im Undogmatischen, als daß ich dem Ganzen gewachsen gewesen wäre.

Das Undogmatische an den Clubsitzungen bestand unter anderem darin, daß alle durcheinanderredeten, weil wir die übliche Diskussionsform mit Wortmeldungen und Redereihenfolge als männliches Dogma ablehnten. Am ersten Clubabend, den ich mit Susi besuchte, ging es darum, ob Frauen verläßlicher seien als Männer. Die Referentin sagte, die klassischen Aufgaben der Frau wie Kindererziehung, Haushaltsführung, Pflege der Alten und Kranken hätten immer schon große Verläßlichkeit erfordert. Diese Eigenschaft sei im Laufe der Zeit zu einem festen Bestandteil des weiblichen Charakters geworden. In der anschließenden Diskussion klagten wir alle über die Unzuverlässigkeit der Männer. Besonders eine Frau namens Magda klagte. Wenn der Wolfgang sage, sagte sie, daß er um elf Uhr abends heimkomme, dann müsse sie davon ausgehen, daß er zwischen zwölf und drei Uhr nachts nach Hause komme. Wenn überhaupt.

Der Name Wolfgang tauchte immer wieder während oder nach den Sitzungen auf. Er war offenbar eine Art Frauenheld. Susi vertraute mir unter dem Siegel der Verschwiegenheit an, daß sogar zwei Frauen aus dem Club hinter Magdas Rücken mit ihm geschlafen hätten.

Susi war damals meine beste Freundin. Wir wohnten mit Erich, einem Germanistikstudenten, der meist in der Universitätsbibliothek an seiner Doktorarbeit mit dem Titel »Die Gefahr des Rettenden« arbeitete, und Lucki, einem Psychologiestudenten, der politisch sehr aktiv und deshalb auch meist unterwegs war, in einem kleinen Haus im Norden Salzburgs. Vor dem Haus lag ein Garten mit alten Bäumen und einem breiten, niedrig am Boden wachsenden Strauch. An einer Hausmauer stand eine Bank. Im Frühling wuchsen, ohne daß man das geringste dazu tun mußte, Krokusse in der Wiese und im Herbst Astern. Auf einer Seite fiel der Garten zu einem Zufluß zur Salzach ab. Das Ganze hatte nur einen Nachteil: Haus und Garten befanden sich auf einer Art Verkehrsinsel. Rundherum waren Ausfallstraßen, die zur Autobahn Nord führten. Niemand sonst wohnte in der Ecke. Auf der gartenabgewandten Seite des Hauses befand sich das Verkaufsareal eines Händlers für Gebrauchtwagen. Susi und mich störte der ständige Autolärm nicht. Wir studierten damals kaum, sondern saßen den halben Tag entweder in ihrem oder in einem meiner beiden kleinen, hintereinander liegenden Zimmer, rauchten, tranken Kaffee und sprachen über alles mögliche, auch persönliche Dinge. Deshalb wundert es mich noch heute, daß ich dann doch auf den Wolfgang hereinfiel.

Zum erstenmal sah ich ihn bei einem Jazzkonzert im Podium. Ich saß mit Susi in der Nähe der Bühne. Ein Saxophonist spielte gerade ein Solo, als sich jemand durch die Menge der Studenten drängte, einen Stuhl zu uns heranrückte, ihn umdrehte und sich mit dem Rücken zur Bühne verkehrt herum draufsetzte. Seine Arme verschränkte er auf der Stuhllehne, den Kopf legte er auf die Arme. So sah er mich bis zum Ende des Konzerts an. Hin und wieder lächelte er. Er war klein und stämmig und hatte vorne etwas auseinanderstehende Zähne.

Als Susi nachher zu mir sagte, das sei der Wolfgang von der Magda gewesen, fragte ich mich, was die Frauen eigentlich an ihm fanden.

Das nächste Mal sah ich ihn bei einem Fest des Kommunistischen Studentenverbandes. Das heißt, zunächst einmal eben nicht.

Die KSV-Feste waren damals absolut in. Sie fanden im großen Festsaal des kommunistischen Parteiheimes statt. Vorne auf der Bühne spielten bis Mitternacht Rockbands, und in den Pausen und nachher bis drei oder vier Uhr früh übernahmen Jimi Hendrix, Janis Joplin, Zappa, The Who, The Doors und was es damals noch so alles an Klassikern gab. Es kamen zwei- bis dreihundert Leute. Außer dem Psychologenfest auf der Uni gab es nichts Vergleichbares in Salzburg.

Der Festsaal der Kommunistischen Partei war für so etwas nicht gerüstet. Er dröhnte und vibrierte, und manchmal schien er regelrecht ins Schwanken zu geraten.

Ich stand gerade im Foyer in einer Schlange vor dem Buffet, als ich Wolfgang drinnen an der Wand lehnen sah. In der Hand hielt er eine Flasche Bier, und einen Fuß hatte er an der Wand abgestützt. Er trug ein schwarzes, enges T-Shirt, das etwas hochgerutscht war.

Plötzlich fiel es mir wie Schuppen von den Augen, und ich

meinte schlagartig zu erkennen, was ihn für viele so anziehend machte: Es war die Art, wie er das Bier hielt, den Fuß abstützte, die Haare aus der Stirn strich, daß das T-Shirt hochrutschte. Wie sonst nur im Film oder im Traum. Ja, genau das war es. So was wie ihn gab es in Wirklichkeit weit und breit nicht. Zumindest nicht im Kreis linker Studenten.

Inzwischen war mein Mitbewohner Erich neben mich getreten. Er redete wohl schon länger auf mich ein. Ausgehend von Hölderlins Gedichtzeile »Denn wo Gefahr ist, wächst das Rettende auch«, sei er, sagte er gerade mitten in dem Höllenlärm, der selbst im Foyer noch herrschte, durch Kafka, Heidegger und Ernst Jünger auf die Gefahr des Rettenden gestoßen worden, ein Thema, bei dem sich Literarisches, Politisches und Persönlichstes auf ungeahnte Weise verknüpfe. Erich hörte gar nicht wieder auf. Er redete auch noch, nachdem wir zum Buffet vorgerückt waren, Wein und Schmalzbrote gekauft hatten und mit der Menge wieder in den Saal geschwemmt worden waren. Er könne mir seine Thesen später daheim anhand einer ganzen Reihe von Zitaten schwarz auf weiß beweisen, sagte er. Als er dann endlich schwieg, um sein Schmalzbrot zu essen, und ich mich gerade auf dem Fest weiter umsehen wollte, stürzten sich zwei Frauen aus dem Club auf mich und verwickelten mich in eine Diskussion über weibliche und männliche Sexualität. Im Anschluß daran wollte eine Bekannte von der Uni von mir wissen, was ich von der neuen Studienordnung hielte. Aber wegen des Lärms war es kaum möglich zu antworten.

Gegen Morgen, als das Fest eigentlich schon zu Ende war, Erich auf der Bühne stand und »Star-Spangled Banner« von Hendrix auflegte und jemand die DDR-Fahne, die hinter einem Kasten gestanden hatte, hervorholte und schwenkte, und dann ein Typ, der, glaube ich, Willi hieß und bis oben voll war mit Stoff und sturzbetrunken dazu und außerdem ein blaues Auge hatte und einen aufgeschlagenen Ellbogen, »Linksspießer« schrie und »Ihr Politwichser!«, da verhinderte Wolfgang eine Schlägerei.

»Beruhig dich, Alter«, sagte er, »Spießer gibt's überall.«

»Besonders hier«, brüllte Willi. »Besserwisser«, schrie er, »Politficker!« Alles mögliche in dieser Richtung. Er war ganz außer sich und ballte die Fäuste.

»Irgendwas gegens Ficken?« fragte Wolfgang. Er ließ Willi nicht aus den Augen. Dann setzte er sich und legte die Füße auf einen Stuhl, der vor ihm stand. »Irgendwas dagegen?« fragte er noch einmal. Willi sah einen Augenblick lang stumpf vor sich hin. Dann setzte auch er sich, legte den Kopf auf die auf dem Tisch gekreuzten Arme und schlief wohl gleich ein. Jedenfalls rührte er sich nicht mehr, bis Wolfgang irgendwann einen von Willis schlaffen Armen um seine Schultern legte und ihn aus dem Saal schaffte. Sie kamen beide nicht mehr zurück.

Lucki sagte nachher, als wir noch einmal auf den Vorfall zu sprechen kamen, daß Wolfgang taktisch hervorragend reagiert habe.

Auch nach der nächsten Clubsitzung im Jägerhof war der Vorfall ein Thema. Susi sagte, es sei typisch männlich, so eine Show abzuziehen. Wir nippten am Bier. Am allertypischsten aber sei es, dann auch noch wie Wolfgang den Schiedsrichter zu spielen. »Sollen sie sich doch schlagen«, sagte sie.

Später, auf dem Weg zum Auto, sagte sie zu Magda, Wolfgang sei im Grunde ein Relikt. Typen wie er hätten uns Frauen schon immer ruiniert. Worauf Magda sagte, sie habe mit Wolfgang ein Abkommen geschlossen: Jeder könne tun, was er wolle, niemand sei dem anderen Rechenschaft schuldig, sie blieben nur so lange zusammen, wie sie sich wirklich liebten.

Am nächsten Tag, wir saßen bei uns zu Hause, tranken Kaffee und rauchten, kam Susi auf Neurosen zu sprechen. Sie las damals gerade das Buch *Neurose und menschliches Wachstum* von Karen Horney und zitierte oft daraus. Besonders in dem Kapitel »Die Selbstverleugnung als Lösung. Der Reiz der Liebe« sah sie unser weibliches Dilemma zusammengefaßt. Magda sei eindeutig der Typ der masochistischen Kindfrau, die immer wieder in morbide Abhängigkeit vom Typ des sadistischen Machos geraten werde, sagte Susi. Als ich sagte, das Abkommen zwischen Magda und Wolfgang gefiele mir, sah sie mich bloß kopfschüttelnd an.

Unsere Freundschaft galt damals als vorbildliche Frauenfreundschaft. Susi aber warf mir schon seit längerem Unterwerfung unter männliche Normen vor. Mich hingegen hatte es längst zu stören begonnen, daß sie immer meine Kleider auslieh.

Zu Silvester passierte dann folgendes: Ich war mit Freunden durch verschiedene Salzburger Lokale gezogen und landete kurz vor Mitternacht auf einem Wohngemeinschaftsfest. Im ganzen Haus roch es nach Haschisch und Räucherstäbchen. Die meisten Männer hatten die Augen dick schwarz geschminkt. Es hieß, Wolfgang sei auch auf dem Fest gewesen, sie hätten ihn aber rausgeschmissen. Angeblich hatte er mit Sonja getanzt und sie vor aller Augen geküßt, worauf sich Magda dazwischengeschmissen und ihn angefaucht habe. Er habe sich aber dadurch nicht stören lassen. Da habe sie ihm eine runtergehauen und sich, weil er einen Arm vor sein Gesicht gehalten habe, die Hand verstaucht. Nun diskutierten alle, ob man Wolfgang aufgrund seines Verhaltens aus dem Kommunistischen Studentenverband ausschließen sollte.

Als wir nach vier Uhr früh noch im SOG, einem Studentenlokal, vorbeischauten, saß Wolfgang dort allein an der Bar. Er starrte vor sich hin. Vor ihm standen eine halbleere Flasche Obstler und eine fast volle Flasche Bier. Ich setzte mich auf einen Barhocker neben ihn und fragte, ob es stimmte, was ich gehört hatte.

»Was hast du denn gehört?« fragte er.

»Daß du vor Magdas Augen Sonja geküßt hast«, sagte ich. Wolfgang nickte, wobei er mich ansah. Auch seine Augen waren geschminkt. Sie sahen mit der schwarzen Schminke noch hellblauer aus, als sie waren.

»Was soll ich deiner Meinung nach tun?« fragte er. »Gar nicht küssen? Mich verstecken dabei? Nur so rumtun?« Er stützte sein Kinn in die linke Hand. »Was ich tue, tue ich ganz«, sagte er, und ich fand das gar nicht bombastisch, sondern völlig normal. Ich glaube, er prostete dann einem Betrunkenen hinter uns zu und sagte, nachdem er sein Bier auf einen Zug ausgetrunken hatte, noch: »Sonst hat doch alles keinen Sinn.«

Nach der nächsten Clubsitzung, die sich um das Thema »Quotenfrau – ja oder nein?« drehte, fragte mich Magda, ob ich schon mit dem Wolfgang geschlafen hätte. Ich fragte sie, wie sie darauf käme, und sie sagte, dafür habe sie einen Riecher. Sie kenne den Typen lange genug, um ganz genau zu wissen, in wen er sich gerade verliebt habe. Alle Frauen, in die er sich verliebe, schliefen früher oder später mit ihm. Ich sagte, daß ich nicht daran dächte. Aber von da an ging mir nichts anderes durch den Kopf. Ich besuchte sogar für ein paar Tage meine Eltern in Linz, um auf andere Gedanken zu kommen. »Was ich tue, tue ich ganz.« Das war es.

Ich sah ihn dann fast drei Monate nicht mehr. Nach den Weihnachtsferien war nichts los auf der Uni, weil im Februar schon wieder vier Wochen Semesterferien waren. Die ganze Stadt war wie ausgestorben. Und auch ich hätte mich am liebsten verkrochen. Und mich ganz dem Huhn gewidmet, das plötzlich ausgehungert in unserem Garten mitten auf der Verkehrsinsel aufgetaucht war und sich unter dem niedrig wachsenden Strauch versteckte, unter dem es nur hervorkam, um die Brotreste zu picken, die ich ihm hinwarf. Ich hätte es gerne durch den Winter gebracht. Aber eines Morgens, Ende Februar, war es verschwunden.

Als im März langsam die Erde wieder auftaute und überall die Krokusse aus dem Boden kamen und so viele Bienen und Käfer um unseren Strauch schwirrten, als wäre er eine Oase mitten in der Wüste und als das KSV-Frühlingsfest bevorstand, wußte ich, daß ich es tun würde.

Das Frühlingsfest des Kommunistischen Studentenverbandes war laut und überlaufen wie alle KSV-Feste. Es war drückend heiß im Festsaal. Wegen des Lärms waren alle Fenster verschlossen.

Ich sah ihn sofort in der Menge. Er trug enge Bluejeans und ein leuchtendrotes, kurzärmeliges T-Shirt. Ich richtete es so ein, daß ich in dem Gedränge fast wie von selbst zu ihm geschoben wurde. Als ich ihm gegenüberstand, lächelte er. Wieder fiel mir die kleine Lücke zwischen seinen Vorderzähnen auf. Und die Art, wie er mit der linken Hand die Haare aus der Stirn strich, um sie dann eine Weile auf dem Hinterkopf liegenzulassen. Während er Bier aus der Flasche trank, wiegte er sich zur Musik in den Hüften und klopfte dabei mit dem rechten Vorderfuß auf den Boden. Es durchzuckte mich regelrecht, als ich sah, wie plötzlich, scheinbar ohne jeden

Anlaß, ein Muskelstrang an seinem Ober- oder Unterarm sichtbar wurde, so, als flösse auch ihm etwas in Wellen durch den Körper bis in die Fingerspitzen, mit denen er sich immer wieder an den Hals faßte. Magda war nirgends zu sehen.

Wir tanzten miteinander. Obwohl das alles schon Urzeiten her ist, erinnere ich mich, daß gerade Lou Reed gespielt wurde. »On the wild side«, glaube ich. Wolfgangs Hand zitterte, als er mir Feuer gab. Er sagte die ganze Zeit kein Wort. Ich wartete auf ein Zeichen, aber da nichts von ihm kam, begann ich mich irgendwann in mich zurückzuziehen. Ich erinnere mich nur, daß ich dann gegen Morgen zwar einmal auf seinem Schoß saß, ihn aber nicht ansah dabei. Als er mich fragte, ob er mit mir nach Hause kommen könne, sagte ich nein. Um dann zu sagen, er solle in einer Woche kommen.

Als die Woche vorüber war, war ich in Hochspannung. Kommt er? Kommt er nicht? Soll ich ihm absagen oder nicht? Ich weihte Susi in die ganze Sache ein und fragte sie, was ich tun sollte. Eigentlich hatte ich gedacht, sie würde mir dringend von Wolfgang abraten und es mir damit leichter machen, ihm abzusagen. Aber sie riet mir im Gegenteil zu! Es ginge um ein Experiment, sagte sie. Könne so einer wie Wolfgang Frauen wie uns demütigen? Nein. Demütige die körperliche Liebe, wenn man sie isoliere? Nein. Sei der nackte Geschlechtsakt immer noch Männersache und die Liebe vor allem Sache von uns Frauen?

Wir gingen zu anderen Themen über. Während eines Spaziergangs am Nachmittag sprachen wir über gerechte Güterverteilung und Rollentausch im Sozialismus.

Als wir von dem Spaziergang zurückkamen, saß Wolfgang in unserem Garten, umtobt vom Verkehrslärm, und las Zeitung.

Ich nahm ihn mit in das vordere meiner beiden kleinen Zimmer. Nachdem ich eine Woche mehr oder weniger ununterbrochen auf ihn gewartet hatte, kam mir sein Besuch nun wie ein Überfall vor. Meine Hände waren eiskalt.

Wolfgang sah sich in meinem Zimmer um. Er sah zu dem scheußlichen Lederimitatsofa, den beiden klobigen Ohrensesseln und dem stelzfüßigen Sofatischchen hinüber, die zum Inventar des Hauses gehört hatten, und setzte sich dann auf den Rattanstuhl, das einzige Möbelstück im Raum, das von mir stammte. Dann sah er zum Fenster hinaus. Durch das Fenster sah man auf den niedrig wachsenden Strauch in unserem Garten und dahinter auf zwei parallel verlaufende Ausfallstraßen, auf denen die Autos in ununterbrochener Kette fuhren. »Ganz schön kalt«, sagte er.

Statt aber nun das zu tun, worauf ich gewartet und wovor ich mich am meisten gefürchtet hatte, stürzte ich mich auf das Nächstbeste. Meinen Roman. Der Roman war bis dahin mein bestgehütetes Geheimnis gewesen. Nicht einmal Susi hatte eine Ahnung, daß ich an dem Werk mit dem Titel *Minotauromachie* schrieb. Ich las Wolfgang ein ganzes Kapitel vor. Es wimmelte nur so von Anspielungen auf die gleichnamigen Zeichnungen Picassos und auf die griechische Mythologie. Wolfgang rauchte eine nach der anderen. Danach sagte er, daß er auch schreibe. Was, sagte er aber nicht, und ich fragte auch nicht nach. Wir saßen dann lange schweigend da.

Wie es dann doch dazu kam, daß wir uns auszogen und aufs Sofa legten, weiß ich nicht mehr. Da klafft eine Lücke in meiner Erinnerung. Ich weiß nur noch, daß Wolfgang nicht ins hintere meiner beiden Zimmer, wo das Doppelbett stand, wollte. »Da ist es noch kälter als hier«, sagte er. Und wie das Lederimitat an unseren Körpern klebte. Und daß ich mich unter Wolfgang hin- und herwarf und stöhnte und alle Zeichen von mir gab, die die Lust signalisieren sollten, die ich nicht empfand.

Meine Erinnerung setzt erst in dem Moment wieder richtig ein, als wir angezogen in je einem Ohrensessel links und rechts des Sofatischchens saßen und rauchten. Ich sehe sogar noch den Zigarettenqualm vor mir, seinen und meinen, der sich in der Mitte des Zimmers, vor dem Fenster, zusammenballte und rot und orange aufleuchtete vor der Lichterkette der Autos draußen.

Er hatte es dann eilig. Er ginge noch zu einer Party, sagte er. Ob ich Lust hätte mitzukommen. Ich schüttelte den Kopf. Dabei lachte ich hysterisch.

Die Eskimorolle

Immer, wenn ich bei meinen Eltern in Linz zu Besuch bin, besuche ich auch Hans und Maria, alte Freunde aus Linz und Genossen aus dem Kommunistischen Studentenverband in Salzburg. Hans und Maria sind nach dem Studium nach Linz zurückgezogen, wo Hans als Informatiker und Maria als Geographie- und Englischlehrerin arbeiten.

Wenn ich länger als nur ein paar Tage bei meinen Eltern zu Besuch bin, fahre ich auch immer gerne mit den beiden für ein Wochenende in ihr Wochenendhäuschen an einem Stausee bei Altwalden im Mühlviertel. Das Wochenendhaus ist ein ehemaliges Austraghäusel. Das ist das ursprüngliche Haupthaus von kleinen Bauern oder Kleinhäuslern, neben das spätere, zu mehr oder weniger Geld gekommene Generationen ein neues Haus gestellt haben, am Ende meist mit Thermofenstern und fabrikgeschnitztem Holzbalkon. Die alten Eltern bleiben bis zu ihrem Tod im Ursprungshaus.

Hans und Maria haben das ehemalige Austraghäusel vor vielen Jahren offenbar zu einem Spottpreis gekauft. Was ich mir gut vorstellen kann, denn das Haus ist winzig klein und hat weder Komfort noch den von den meisten Städtern geforderten Charme alter Bauernhäuser mit Deckengewölbe in der Küche und Butzenscheiben. Außerdem kommt etwas Entscheidendes dazu, das den Preis gedrückt haben mag: Der Stausee, an dem das Häuschen liegt, wird circa alle drei Tage fast vollständig ausgelassen.

Wenn man zu Hans und Maria ins Wochenendhaus nach Altwalden fährt, weiß man daher nie, ob man den See vorfinden wird oder nicht. An jenem Wochenende im Hochsommer 1989, von dem ich berichten möchte, hatten wir Glück. Er war, als wir vom Ort Altwalden, der auf einem Hügel liegt, die letzte Kurve in die Senke hinunterfuhren, in der er sich erstreckt, halb voll. Aber mit steigender Tendenz, wie Hans, ich weiß nicht woran, sofort erkannte. Hans und Maria hatten ihr neues Faltboot dabei, das sie mir an diesem Wochenende vorführen wollten. Wenn der See leer gewesen wäre, sagte Hans, hätte es auch nichts ausgemacht. Dann wären wir eben mit dem Auto zwanzig Kilometer nordwärts gefahren und hätten in einem anderen Stausee gepaddelt. Ich war aber trotzdem froh, daß die Tendenz steigend war, denn ich hatte mich schon während der ganzen Anfahrt durch den dichten Freitagabendverkehr im glühendheißen Auto darauf gefreut, nach unserer Ankunft in den See zu springen. Aber daraus wurde vorerst nichts.

Hans und Maria waren wochenlang nicht in dem Haus gewesen, und an so einem Wochenendhaus ist ja immer was zu tun. Gleich beim Aufschließen der Haustür stellte Maria fest, daß etwas klemmte. Beim Öffnen schrammte die Tür auf dem Boden. Maria machte sich mit einer Feile daran zu schaffen, während Hans und ich die Tür nach oben drückten.

Im Haus war es, trotz hochsommerlicher Temperaturen draußen, klamm. Es roch auch ein wenig muffig. Wir öffneten alle Fenster und Türen. Maria hatte mir schon vor der Abreise in Linz geraten, einen Pullover mitzunehmen, da die Nächte im Mühlviertel empfindlich kühl seien, und Hans behauptete jetzt sogar, es hätte selbst im Sommer oft nicht mehr als acht Grad in der Nacht. Ich konnte mir das nicht vorstellen. Bei meinen Eltern in Linz hatte es nachts über 25 Grad gehabt.

Wir sahen dann alle gemeinsam in der Stube und in dem winzigen Kämmerchen, in dem ich schlafen sollte und von dem eine breite Holzleiter in den Raum unter dem Dach führte, den Marias Vater ausgebaut hatte und der Hans' und Marias Schlafraum war, nach, ob in den von Hans vor Wochen aufgestellten Mäusefallen Mäuse waren und ob die Wespen inzwischen einen anderen Weg als den von Maria verkleisterten zu ihrem Nest im Dachgebälk gefunden hatten. Wir fanden weder Mäuse noch Wespen. Nur ein Holzwurm nagte laut in dem großen Holzbalken über Hans' und Marias Bett.

Anschließend verließen wir das Haus durch die Dachbodentür, die auf eine höher gelegene Wiese mit Apfel- und Birnbäumen führt. Es lagen Unmengen von Äpfeln auf dem Boden. Während wir uns daranmachten, sie zu einem großen Haufen unter dem Apfelbaum aufzutürmen, schauten fünf oder sechs Rehe, die jenseits der Wiese hinter einem Stacheldrahtzaun standen, wie gebannt zu uns herüber. Hans sagte, es seien die Rehe aus der Wildzucht des Nachbarn schräg gegenüber.

Das Gras war kniehoch. Maria sagte, sie werde sich gleich

am folgenden Morgen ans Mähen machen, und Hans nickte ihr zu. Wir stapften zum Haus zurück. Die Ribisel am Strauch an der Hauswand waren auch schon reif, und an einem anscheinend erst im Vorjahr gepflanzten kleinen Strauch hingen ein paar große hellrote Himbeeren.

Hans zeigte mir dann den Weg, den er während seines letzten Aufenthaltes in dem Wochenendhaus zwischen den Tannen und Fichten geschlagen hatte. Sie waren vom Vorbesitzer an der Hinterseite des Hauses, auf dem Abhang zum Bach hinunter, der in den See fließt, und, wenn der See ausgelassen wird, ebenfalls zu einem Rinnsal wird, gepflanzt worden. Wir gingen den schmalen, fast schon wieder zugewachsenen Pfad hinunter bis zu einer schlammigen Stelle am Bachufer. Hier, sagte Hans, werde er später einmal eine Anlegestelle für das Boot bauen, vielleicht sogar mit einem kleinen Bootshäuschen oder einem Pavillon. Dann könnten sie, wenn sie im Sommer längere Zeit im Wochenendhaus verbrächten, das Boot auf dem eigenen Grundstück anbinden und wären nicht gezwungen, täglich die Luft auszulassen, das Boot wegzuschleppen und am nächsten Tag wieder neu aufzublasen.

Wir kletterten den Abhang hoch und traten, den streng riechenden Komposthaufen hinter uns lassend, an die Vorderseite des Hauses, wo wir uns auf die Bank setzten, die an der Hausmauer steht. Vor dem Haus ist eine kleine Wiese – offenbar beim letzten Aufenthalt gemäht, das Gras war erst ein paar Zentimeter hoch –, die zum Abhang hin eingezäunt ist. Zwischen Haus und See verläuft die Straße. Am Zaun entlang wuchsen Sonnenblumen, Malven und ein Gewächs, dessen Namen ich vergessen habe. Ich weiß nur noch, daß Maria sagte, es halte die Wühlmäuse vom Garten ab. Von der Bank aus hat man zwischen Haselnußsträuchern und einem alten, fast kahlen Zwetschkenbaum jenseits des Gartenzaunes einen schönen Blick über den See und auf die gegenüberliegenden, dichtbewaldeten Hügel. Hans behauptete, frühmorgens sähe man dort sogar Reiher im Wasser stehen und nach Fischen Ausschau halten.

Als ich dann gegen acht Uhr abends doch noch in dem überraschend kalten Wasser des längst noch nicht vollen Stausees badete, fröstelte mich. Nicht nur wegen der Kälte, auch wegen des Schlamms auf dem Boden und der merkwürdig braunen Farbe des Sees. Außerdem bildete ich mir ein, daß er nach verwestem Fisch stank.

Als ich ins Haus zurückkam, hatte Maria gerade einen selbstgemachten Apfelstrudel aus hauseigenen Äpfeln ins Ofenrohr geschoben, und Hans grillte auf der überdachten Terrasse neben dem Haus, wo kein Lüftchen wehte und es deshalb noch heiß war, Fleisch auf einem roten Holzkohlegrill mit drei dünnen Beinen. Wir bereiteten gemeinsam Salat zu, über den wir zu unseren Füßen gepflückten und mit der Hand zerrissenen Schnittlauch streuten. Anschließend holte Hans zur Feier des Tages eine Flasche alten ungarischen Wein, den er für eine besondere Gelegenheit aufbewahrt hatte, aus dem Geräteschuppen, den Maria auch als Werkstatt benutzte. Sie hat dort eine von ihrem Vater geerbte Werkbank stehen und, soviel ich weiß, auch eine elektrische Allround-Säge. Maria holte dann noch eine Flasche Vogelbeerschnaps und ein paar gewöhnliche Rotweinflaschen ohne Etikett aus dem Auto. »Für später«, wie sie sagte.

Der ungarische Wein schmeckte ausgezeichnet, hatte es aber in sich. Trotzdem ging alles bis zum Apfelstrudel gut. Hans träumte vom Ausbau des Wochenendhauses. Er wollte entweder hinter dem Haus einen Raum anbauen oder die bereits vorhandene überdachte Terrasse als geschlossenen Raum ausbauen oder vorn, wo die Wiese war, noch einen

Wintergarten vorbauen. Oder alles zusammen. Maria schien skeptisch zu sein, sie spitzte die Lippen.

Es passierte dann nach dem Apfelstrudel und dem Vogelbeerschnaps – das immer wieder Unvermeidliche. Nun war es nicht das erste Mal, daß es zwischen uns zu verbissenen Diskussionen kam. Wir hatten uns, nach ein oder zwei Flaschen Wein, schon einmal an Gorbatschows Perestroika festgebissen, ein andermal an der Palästinenser- beziehungsweise der Judenfrage, davor an Afghanistan. Diesmal sollte es Pasolini sein. Wir waren uns gerade noch darüber einig, daß Fernsehen verdumme. Hans sagte, er lasse sich von dem Apparat nicht seinen Lebensrhythmus aufzwingen. Wenn wirklich einmal ein schöner Film im Fernsehen laufe, dann nehme er ihn auf Video auf. Fertig. Die Nachrichten schaue er auch schon lange nicht mehr an. Dann sagte er noch, daß er sogar mehr und mehr aufs Zeitunglesen verzichte. Höchstens, daß er hin und wieder mal die Nachrichten im Radio höre, sonst nichts mehr. Er habe das Gefühl, dabei nichts zu versäumen.

Ich fand das zwar merkwürdig für einen Informatiker in einem doch immerhin renommierten Linzer Industrieberatungsbüro, sagte aber nichts.

Die Wiener Amtszeitung habe er abonniert, sagte Hans, da stünden alle Bekanntmachungen und Ausschreibungen drinnen. So sei er wenigstens vor jeder Ideologie sicher. Und was ihn wirklich interessiere, stünde ja sowieso nicht in den Zeitungen.

»Was denn zum Beispiel?« fragte ich nun doch.

»Zum Beispiel«, sagte er, »wie Pasolini zu Tode gekommen ist.«

Ich war einigermaßen verblüfft. Immerhin war Pasolini fast fünfzehn Jahre her. Die Zeitungen waren damals voll davon gewesen.

Ich sagte, ich erinnerte mich aber, wie Pasolini zu Tode gekommen sei. Er sei von einem oder mehreren Strichjungen umgebracht worden.

Das wisse er auch, sagte Hans. Aber sonst wisse es niemand. Weil es von den Zeitungen und Zeitschriften verschwiegen worden sei.

Ich hätte es aber in Zeitungen und Zeitschriften gelesen, sagte ich.

»Welche Zeitschrift? Welche Nummer?« fragte Hans.

»Überall«, sagte ich. In meinem Hals steckte der Kloß, den ich immer verspüre, wenn Diskussionen so einen Verlauf nehmen.

Maria schenkte Vogelbeerschnaps nach. Trotz der geschützten Lage wurde es auf der Terrasse tatsächlich schnell kühl. Ich war froh, daß ich Marias Rat befolgt und einen Pullover von meiner Mutter aus Linz mitgenommen hatte. Den holte ich jetzt aus dem Haus. Dabei kramte ich mein Wissen über Pasolinis Tod zusammen.

Pasolini habe damals an der Stazione Termini einen siebzehnjährigen Strichjungen aufgelesen, sagte ich, als ich mit dem Pullover wieder zurück war, er sei mit ihm in Richtung Ostia gefahren. Irgendwo unterwegs sei er noch essen gegangen, der Wirt, der Pasolini gekannt habe, hätte das bestätigt. Und dann sei er zu einer dieser verwahrlosten Freiflächen am Stadtrand von Ostia gefahren, wo er von diesem einen oder mehreren Strichjungen umgebracht worden sei.

»Was nun?« sagte Hans, »von einem oder von mehreren?«

Das sei, sagte ich, meines Wissens nie ganz geklärt worden.

»Na eben«, sagte Hans.

»Wieso na eben?« fragte ich.

Die Indizien am Tatort, sagte Hans, hätten eindeutig dafür gesprochen, daß es nicht der siebzehnjährige Strichjunge allein gewesen sei, sondern daß es mehrere gewesen seien, die den Siebzehnjährigen nur vorgeschoben hätten, weil der im Fall der Entdeckung mit einer Jugendstrafe davongekommen wäre. Vielleicht hätten sie den ja auch bezahlt.

Ja, sagte ich, einiges habe meiner Erinnerung nach in diesem Fall tatsächlich darauf hingewiesen. Es solle da auch eine Gruppe Zuhälter vom konkurrierenden Frauenstrich mit von der Partie gewesen sein.

Vor allem seien auch die Briefe aufschlußreich gewesen, sagte Hans, die der Journalist Franco Rossi von »Paese-Sera« und ein gewisser Nino Marazzita, Vertreter der Familie Pasolini als Nebenkläger am Jugendgericht in Rom, erhalten hätten.

»Ich dachte«, sagte ich, »du weißt nicht, wie Pasolini zu Tode gekommen ist.«

Nur weil er selbst sich informiert habe, sagte Hans, bedeute das nicht, daß man nicht versuche, die Öffentlichkeit über den Mord im unklaren zu lassen.

Der Kloß in meinem Hals wurde immer größer. Und jetzt schaltete sich auch noch Maria ein.

»Sag mal«, sagte sie, »bist du wirklich so naiv, oder tust du nur so?«

Ich fühlte mich vollends in der Defensive. Was wollten die eigentlich von mir? Sie wußten offenbar genau Bescheid über den Sachverhalt, taten dabei zuerst so, als hätten sie keine Ahnung, um dann mich als die Düpierte hinzustellen und schließlich noch so zu tun, als verfügten sie über Geheiminformationen.

»Du solltest wissen«, sagte Hans, »daß Pasolini aus politischen Gründen ermordet worden ist.«

Ich sagte, soviel ich wüßte, sei diese Vermutung der ersten Stunde längst widerlegt.

Es stellte sich dann im Verlauf des Gesprächs, bei dem wir immer mehr und immer schneller tranken, heraus, daß Hans tatsächlich den Fall bis ins kleinste, und das bedeutet hier auch: bis ins blutigste, Detail hinein studiert haben mußte. Er sprach von Erkenntnissen der Spurensicherung, als wäre das alles gestern passiert und er dabeigewesen. Eine Zeitlang ging es um die Ausrichtung verschiedener Tennisschuhabdrücke auf der verwahrlosten Freifläche, um Blutspuren auf dem Dach über dem Beifahrersitz des Fluchtautos und darum, ob der Strichjunge, wenn er wirklich ein Einzeltäter gewesen sein sollte, selbst ohne Verletzungen und nur mit einem Blutspritzer auf dem Hemd aus einem Kampf hervorgegangen sein konnte, bei dem dem Opfer der Schädel so aufgeschlagen worden sei, daß das Blut in Fontänen herausgespritzt sein mußte. Hans sprach von abgerissenen Ohren, zerquetschten Händen, gespaltenen Nägeln. Dann wieder ging es darum, daß Pasolini zu Lebzeiten an verschiedensten Gerichten Italiens wegen verschiedenster Delikte angezeigt worden sei. Von miesen kleinen Abgeordneten, die ihre Allerweltsnamen in seinen Filmen verunglimpft gesehen, von irgendwelchen reichen römischen Muttersöhnchen, die sich in Gedichten von ihm falsch wiedergegeben gefunden hätten und dergleichen. Sogar ein Raubüberfall auf eine Tankstelle wegen 2000 Lire sei ihm unterstellt worden.

»Ja«, sagte ich. »Aber was hat das mit seinem Tod zu tun?«

Wir waren inzwischen, glaube ich, schon bei der dritten Flasche Wein.

Das meiste, was Hans anführte, war mir nicht bekannt. Aber eines wußte ich, daß nämlich keine der Zeitungen und Zeitschriften, die ich gelesen hatte, und keiner meiner Freunde und Bekannten, die der Tod Pasolinis wie mich beschäftigt hatte, je seit zwanzig Jahren behauptet hätten, daß Pasolini aus politischen Gründen ermordet worden sei. Und das sagte ich auch.

Vom See her gluckerte es. Entweder waren die Fische nachts besonders aktiv, oder es waren irgendwelche Schleusen geöffnet worden, durch die nun das Wasser einströmte, um den See zu füllen.

Er hoffe nur, sagte Hans, ich käme ihm nun nicht auch noch mit dem Parteiausschluß Pasolinis aus der KPI 1949. Und legte ihm persönlich zur Last, daß der homosexuelle Dichter von den italienischen Genossen wegen moralischer und politischer Unwürdigkeit und bourgeoiser und dekadenter Neigungen aus der Partei ausgeschlossen worden sei. Er selbst, sagte Hans, sei nie auf der Seite der KPI gewesen. Auch den historischen Kompromiß habe er immer abgelehnt. Wie Pasolini übrigens ebenfalls. Er lasse sich von niemandem in die falsche Ecke drängen. Auch nicht von mir.

Hans war inzwischen aufgestanden. Einen Augenblick hatte ich das Gefühl, er wollte jetzt auf mich losgehen. Aber er trat nur an den Hopfen, der am Gartenzaun wuchs und von dort auf das Dach der Terrasse kletterte. Ich glaube, er pinkelte. Mir kam es so vor, als kippte er dabei fast vornüber. Als er zum Tisch zurückkam, schwankte er jedenfalls. Um am Ende die Katze doch noch aus dem Sack zu lassen.

Es sei doch nach allem sonnenklar, sagte Hans – oder lallte er da schon? –, daß Pasolini liquidiert worden sei. Und zwar von einer Bande von Neofaschisten, die in Tateinheit handelten mit den verbürgerlichten italienischen Kommunisten.

Ich angelte mir nun die Schnapsflasche und goß mein Weinglas randvoll. Ob ich es dann allerdings auch austrank, weiß ich nicht mehr. Ich weiß nur noch, daß es hier nichts mehr zu argumentieren gab. Hans und Maria wußten ja wie immer längst Bescheid, und zwar in jedem Fall besser als ich.

Hatten sie mir nicht sogar schon gesagt, was ich schreiben sollte?

»Schreib doch mal ein Theaterstück«, hatte es geheißen. Oder Hans hatte empfohlen: »Schreib ein politisches Buch.« Dabei war es mir vorgekommen, als hätte er das Buch vor Augen, das er selbst gern verfaßt hätte. Auch Maria wollte immer, daß ich bestimmte Bücher schreibe. Aber sie drückte sich noch vager aus als er.

Sie sagt etwa, wie die Christa Wolf zu schreiben sei sicher sehr schwer. Warum, frage ich, denn ich bin auf der Hut, warum sollte das besonders schwer sein? Aber auch Maria ist auf der Hut. Sie zuckt die Schultern. Wegen des umfassenden Stoffes, sagt sie, oder: wegen der epischen Form. Oder sie sagt einfach nur, daß die Christa Wolf mit Rückblenden arbeite. Das imponiere ihr. Sofort überlege ich dann, wo ich zum Beispiel mit Rückblenden arbeite, und stelle fest, daß ich meistens mit Rückblenden arbeite (und frage mich natürlich auch, warum ihr das eigentlich nicht imponiert). Sie sagt nichts mehr. Aber das ist es eben. Weder Hans noch Maria sagen etwas zu meinen Büchern. Ich habe sie ihnen geschenkt, und sie haben sie gelesen. Aber sie sagen nichts. Höchstens daß sie einmal sagen, mein Buch sei in der Weihnachtsauslage der Neugebauer-Buchhandlung gelegen. Oder mein Buch sei überhaupt nirgends gelegen.

Mir fällt ein, wie oft ich im Garten vor dem Wochenendhaus gesessen und auf den entweder vollen oder leeren oder halbvollen oder halbleeren Stausee geschaut und mich gefragt habe, ob ihnen meine Bücher eigentlich gefielen. Ich glaube letztlich, sie gefallen ihnen nicht, denn sonst hätten sie doch einmal etwas gesagt. Maria hat einmal nach einer Lesung in Linz gesagt, ich hätte die Geschichte, die ich vorgelesen hatte, sehr gut vorgelesen. Über die Geschichte selbst sagte sie nichts. Und Hans, der mich voriges Jahr nach Freistadt in Oberösterreich, das fast an der tschechischen Grenze liegt, zu einer Lesung gefahren hat, die im dortigen katholischen Bildungswerk stattfand und zu der nur vier Zuhörer kamen, sagte nachher, daß ich in der Diskussion nach meiner Lesung sehr gut gegen den Katholizismus in Österreich argumentiert hätte. Ich erinnere mich nicht daran. Ich erinnere mich nur, daß niemand etwas über die Geschichte sagte, die ich vorgelesen hatte. Auf der Rückfahrt von Freistadt nach Linz war ich, wie meist nach Lesungen, ziemlich mundfaul gewesen. Ich hatte damals gleich den Verdacht, Hans hielte mich deswegen für hochmütig. Und tatsächlich hat er später am Telefon einmal gesagt, er glaube, viele Menschen seien viel bessere Zuhörer, als ich glaubte. Ja, uns trennten seit langem Welten.

Als ich am Morgen nach dem Pasolini-Exkurs aufwachte, hatte ich einen dicken Kopf und eine pelzige Zunge. Ich erinnerte mich nicht, wie ich ins Bett gekommen war. Eine Stunde lang versuchte ich, noch einmal einzuschlafen, aber der Druck auf dem Kopf und ein flaues Gefühl im Magen hinderten mich daran.

Etwa um zehn Uhr, als ich aus dem Haus trat, war der See randvoll. Auf dem Terrassentisch standen fünf leere Weinflaschen und eine halbleere Schnapsflasche. Gläser standen keine da. Ein Stuhl war umgekippt, und vom Gartenzaun her, dort, wo der Hopfen aus der Erde kam, roch es säuerlich.

Es war bereits sehr heiß. Weit weg, am gegenüberliegenden Seeufer, planschten Kinder im Wasser. Irgendwo kreischten Vögel.

Als Maria und Hans kurze Zeit später ebenfalls aus dem Haus kamen, standen wir zuerst eine Weile schweigend herum. Die beiden sahen auch nicht gut aus: blaß, rote Augen, unsicher auf den Beinen. Aber es gibt ein oberstes Gesetz nach einer durchzechten Nacht, das einzuhalten immer hilft. Es lautet: Alle Spuren beseitigen! Wir machten uns gleich daran, die Flaschen wegzuräumen, den Tisch zu schrubben, den Boden auf der Terrasse zu fegen. Hans schüttete Erde über die säuerlich riechende Stelle beim Hopfen. Und nachdem Maria Aspirin ausgeteilt und ich Kaffee gekocht hatte und wir alle auf der Bank an der Hausmauer saßen und schwarzen Kaffee tranken und große dicke Hummeln um die Malven kreisten und die Sonnenblumen ihre Gesichter nach der Sonne gedreht hielten wie besinnungslose Urlauber und das seltsame Gewächs, das die Wühlmäuse abhalten soll, so süß duftete, da ging es uns allen, glaube ich, schon besser. Ein weiteres Gesetz lautet: In Bewegung bleiben! Nach der zweiten Tasse Kaffee machten wir uns über die Wiese bei den Obstbäumen her. Maria mähte, ich harkte, und Hans trug das Gras auf einen großen Haufen hinter dem Haus. In einiger Entfernung, hinter dem Stacheldraht, standen wieder reglos die Rehe und schauten zu uns herüber. Wir arbeiteten, bis wir schweißgebadet waren. Und als wir uns dann gegenseitig mit dem Gartenschlauch abspritzten und das Wasser eiskalt war und der Strahl auf der Haut zerplatzte und Wassertröpfchen ringsum sprühten und dahinter die Hitze flimmerte und zitterte, da waren die Divergenzen vom Vortag vergessen.

Im Anschluß daran frühstückten wir ausgiebig auf der Terrasse. Es gab selbstgemachte Ribisel- und selbstgemachte Himbeer- und selbstgemachte Brombeermarmelade und Wildpastete und diese kräftig gelbe Butter, die es nur direkt beim Bauern gibt, und das Brot mit der harten Kruste, das sich so lange hält und nicht schimmlig wird, und die Milch, auf der man, wenn die Sonne daraufscheint, kleine Fettstückchen schwimmen sieht.

Nach dem Frühstück zerrten wir das Faltboot aus dem Geräteschuppen über die Straße an das Seeufer, wo Hans sich mit dem Blasebalg ans Aufblasen machte. Er brannte darauf, uns die »Eskimorolle« vorzuführen. Genaueres dazu sagte er nicht.

Der See lag glatt wie ein Spiegel vor uns. Er war auch nicht mehr bräunlich, sondern auf der einen Hälfte, auf die die Sonne schien, smaragdgrün und auf der anderen, auf die der Schatten des bewaldeten Hügels fiel, tannennadelblau. Und er stank nicht im geringsten nach verwestem Fisch. Sondern duftete – ja, wie soll ich sagen? – nach Ferien.

Schon als Hans und Maria lospaddelten – ich saß in der Bootsmitte –, schwankte das Boot beträchtlich. Hans steuerte die Seemitte an. Linker Hand ragte ein Felsen, an den sich eine kleine verkrüppelte Fichte klammerte, weit in den See hinein. Das Wasser war kalt, wie ich mich mit einem Finger überzeugte.

»Wenn man kentert«, sagte Hans, kaum hatten wir die Seemitte erreicht, »kommt alles auf die Eskimorolle an.« Und wie es aussah, sollten wir diese sogar gleich praktizieren. Wir hätten, wie er sagte, auf seine Anweisung hin nur zur Seite zu kippen und dann ganz umzukippen mitsamt dem Boot und dann unter Wasser irgendwie zu wenden oder zu drehen, um schließlich mit Schwung wiederaufzutauchen. Alle zusammen. Aber weder Maria noch mir war danach zumute. Denn wer konnte sagen, einmal ganz abgesehen von dem Kater, den wir hatten, daß jeder von uns unter Wasser die Nerven behielte, wo es über Wasser schon schwer genug war? Außerdem hatte ich immer geglaubt, daß man nur mit einem wasserdicht geschlossenen Kajak und nicht mit einem behäbigen, wenn auch relativ schmalen Schlauchboot derlei Dinge veranstalten könne.

»Los, mit Schwung«, rief da Hans und lehnte sich schon weit nach links. Wir kippten um und fielen, ohne daß es nun auf der anderen Seite wieder hinaufgegangen wäre, alle drei aus dem Boot und ins Wasser.

Zuerst versuchten wir, das Boot auf dem See wieder umzudrehen. Das gelang nicht. Wir brauchten dann fast eine Viertelstunde, um, das Ungetüm von Gummiboot vor uns herschiebend, im kalten Wasser ans Ufer zu schwimmen. Ich kam völlig durchfroren an.

Wir ließen das Boot auf der Wiese unten vor dem See liegen und liefen sofort zum Haus, wo wir nach den Handtüchern griffen und uns gegenseitig abfrottierten. Dann kochte Hans Tee. Am Ende lagen wir alle drei, fest in Badetücher gehüllt, auf je einer aufklappbaren Badeliege, die Hans schweigend aus dem Geräteschuppen in die Wiese vor das Haus geschleppt hatte, und schauten in den Himmel. Weit oben flog ein Flugzeug lautlos vorbei. Es ließ einen zuerst schnurgeraden und dann mehr und mehr sich in Wölkchen auflockernden weißen Strich am blauen Himmel zurück. Und da fiel mir ein Stück aus einem Gedicht Pasolinis ein. Das einzige, das ich, außer einer kurzen Stelle aus »Gramscis Asche«, je auswendig gelernt hatte:

Laßt uns gehen, meine zarte Herde:
Der Berg ist breit, feucht ist der Wald.
Ich werde euch zu meinen Sklaven machen,
und der schönste
(welcher von euch?) mit leuchtendem Haar
wird aufrecht neben meinem Kelch stehen.
Es ist Frühling. Ich bin der Prinz. Laßt uns gehen.

2. Teil

Die Unterdrückung der Frau, die Virilität der Männer, der Katholizismus und der Dreck

Schon auf der Hinfahrt ins Kloster hatte die Kollegin die ganze Zeit von den virilen Männern Italiens gesprochen.

Daß sie den Katholizismus ablehne und bekämpfe, wußte ich ja schon länger. Sie hatte mich ein paar Tage vorher zwischen Tür und Angel unserer gemeinsamen Küche im Schriftstellerstipendiatenhaus mit der Frage festgenagelt: »Findest du nicht, daß die Frauen hier total unterdrückt werden durch den Katholizismus?«

Ich war sehr müde gewesen an dem Tag und von einem Fuß auf den anderen getreten.

»Mein Gott«, hatte ich gesagt, »sicher, es ist nicht leicht für die italienischen Frauen. Andererseits kommen mir die jungen Mädchen hier entspannter vor als bei uns. Vielleicht ...« Sie unterbrach mich. »Kirche, Kinder, Karneval«, sagte sie. »Taufe, Firmung. Ehe. Letzte Ölung. Was heißt da einerseits, andererseits? Sind sie nun unterdrückt oder nicht?«

»Ja, sicher«, sagte ich da und war so müde, daß ich mich an der Türklinke abstützte.

Und nun die Sache mit den virilen Männern.

Die Landschaft zog vorbei, Felsen, Wiesen, Weiden, eine Gruppe Maulesel – »Man müßte«, sagte die Kollegin, »einen Maulesel mieten und durchs Land reiten« –, Weingärten, halbverfallene Häuser – »vendesi«, stand auf einem Schild –,

Kastanienwälder, lauter junge Kastanienbäume, Akazienwälder, Olivenhaine; braun, grün und rot, gelb, blau und silbern zog die Landschaft vorbei.

»Oder findest du nicht«, sagte die Kollegin, die kaum links oder rechts aus dem Fenster sah, »daß die Männer in Italien besonders dreist sind?«

Ich sagte nichts. Mir war schlecht, denn die Straße war unglaublich eng, und die Kollegin fuhr zu schnell in die Kurven und bremste dann in ihrem Scheitelpunkt abrupt ab. Meine Schweigsamkeit schien sie nicht zu stören.

Die Frauenbewegung habe bei diesen Männern keinen Eindruck hinterlassen, sagte sie, und: Diese Virilität liege an der Gesinnung.

Wir hatten zu der Zeit bereits die Hälfte unseres viermonatigen Stipendienaufenthaltes in der kleinen Stadt südlich von Rom zugebracht. Die italienische Hausbetreuerin hatte uns das Felsenkloster zur Besichtigung empfohlen. Es läge sehr schön in den Bergen, hatte sie gesagt, und es gäbe dort einen Raben im Käfig. Außerdem einen amerikanischen Mönch, der gut Deutsch spräche und uns durchs Kloster führen werde.

Die Kurve, mit der die Straße dann in die Berge abzweigte, war so steil, daß die Kollegin zweimal ansetzen mußte, um herumzufahren. Ein uns entgegenkommender Autofahrer, der im letzten Moment gebremst hatte, lachte. Die Kollegin hupte laut und lange. »Überall«, sagte sie, »üben die Männer ihre Macht aus. Am schlimmsten ist es im Straßenverkehr.«

Wir fuhren in steilen Kurven höher und höher, über ein erstes Plateau, auf dem der Haupttrakt des Klosters, ein rechteckiger, geschlossener Bau mit romanischem Glockenturm lag, den wir rechts liegenließen. Von hier folgte Haarnadelkurve auf Haarnadelkurve bis zum Felsenkloster. Die Landschaft wurde mit zunehmender Höhe karger. Zwischen dichten Grasbüscheln und weißen Felsen wuchsen zarte, dunkelviolette Blumen.

Während die Kollegin sich mit den letzten Kurven abmühte, sagte sie, schon die Lage des Klosters manifestiere den Willen zur Macht.

Wir parkten auf dem geräumigen Parkplatz, der zum Kloster gehörte und halb leer war, in eine winzige Lücke zwischen zwei Autos ein, weil nur hier Schatten war. »Später«, sagte die Kollegin, »sind wir froh darüber.« Und, nachdem wir ausgestiegen waren und sie sich umgeblickt hatte: »Dieses Kloster ist ja in den Fels gebaut.« Sie deutete nacheinander zum Kloster hin, den Felsen rauf und runter, deutete über die Brüstung des Parkplatzes auf die gegenüberliegenden, dichtbewaldeten Bergrücken, deutete auf das Kreuz auf dem Gipfel eines Berges – »Ein Kreuz, schau« – und noch einmal auf das Kloster, auf die Rund- und Spitzbogenarkaden, die auf einer Felsterrasse Raum für die darüberliegende Klosteranlage schufen.

Als wir die Steinstufen vom Parkplatz zum Kloster hochstiegen, deutete sie auf den Müll, der hinter der niedrigen Mauer lag, die den Weg säumte. Sie seufzte. »Es fehlt wie so oft an Bewußtsein«, sagte sie. »Im Grunde« – sie blieb stehen und zündete sich eine Zigarette an – »hängt alles zusammen: die Unterdrückung der Frau, die Virilität der Männer, der Katholizismus und der Dreck.«

Wir hatten den äußeren Eingang zur Klosteranlage erreicht, ein schmaler Treppengang, überdacht, rechts und links begrenzt von einer Mauer. Wir mußten hintereinander gehen. Der enge Gang führte auf die Plattform vor dem Kloster, von wo der Blick weit in das Tal hineinreichte.

Wir lehnten noch eine Weile an der Steinbalustrade, die die Plattform gegen den steilen Bergrücken absicherte, und schauten hinunter auf den Fluß und hinüber zu den ganz unberührten Wäldern. Es war still dort oben. Zumindest bis die Japaner kamen. Sie kamen hintereinander durch den schmalen Treppengang und machten großen Lärm. Sie bewunderten, glaube ich, ebenfalls die Landschaft. Die Kollegin drückte schnell ihre Zigarette aus. »Um Gottes willen«, sagte sie, »nichts wie weg.«

Die Kirche war eingeteilt in einen vorderen, größeren Teil mit weitflächigen Fresken – der Einzug Jesu in Jerusalem, eine Kreuzigungsszene, blau spannte sich der Himmel über die Kreuze, im Kreuzbogen weinende Engel – und einen hinteren, aus dem Felsen gehauenen Teil, der im wesentlichen aus der Apsis bestand. Vor dem Altar kniete ein Mönch.

Wir gingen an dem Altar vorbei, vorbei an Stufen, die nach unten führten, durch eine Doppelkapelle, ausgestattet mit Malereien der Umbrischen Schule, und betraten den Innenhof des Klosters. Dieser Innenhof war ein geschlossener Steingarten. Hier wehte kein Wind. Rechts wurde er begrenzt vom Refektorium, das den Blick auf die umliegenden Hügel versperrte, links vom weißen Fels, auf dem das Licht gebündelt lag und auf dem große Kakteen wuchsen. Es wuchs auch eine Palme im Fels, überall wuchsen auf kleinen erdigen Vorsprüngen Lilien. In der Mitte des Innenhofs stand eine Statue aus hellem Marmor. Links, am Fels entlang, eine Voliere. Sie war leer.

Die Kollegin ging die Voliere entlang. »Da müßte der Rabe drin sein«, sagte sie.

»Der Käfig ist leer«, sagte ich zur Kollegin, die an dem Gitter rüttelte.

»Hier«, sagte sie, »müßte eigentlich ein Kolkrabe drin sein.«

Der Mönch, der vor dem Hauptaltar gekniet hat, steht jetzt in der Tür zum Innenhof und schaut zu uns herüber. Er ist um die sechzig Jahre alt und sehr groß. Seine Hände hat er in dem weiten, schwarzen Gewand verborgen. Auf seinem Kopf – ich weiß bis heute nicht, hatte er eigentlich eine Glatze? – ist Licht.

»Das ist der Amerikaner«, sagt die Kollegin und geht direkt auf den Mönch zu. Sie winkt mich hinter sich her. Während ich zögernd folge, habe ich einen Augenblick den Eindruck, der Mönch lächle verächtlich. Aber gleich darauf kommt er mir freundlich vor. Ich trete zu den beiden, der Mönch faßt mich an der Hand, als wäre ich ein Kind und wollte entwischen.

»Der Rabe ist tot«, sagt er auf deutsch und zupft mit seiner freien Hand an der schwarzen Kutte. »Sehen Sie doch, ich trage Trauer.« Er lacht.

»Bitte zeigen Sie uns das Kloster«, sagt die Kollegin auf englisch. Er behält meine Hand in der seinen und nickt ihr zu: »Follow, me«, sagt er, »I'll show you all.«

Wir verlassen den sonnenhellen Innenhof und betreten wieder die Oberkirche. Der Mönch läßt meine Hand los und schließt gleich links neben dem Innenhof eine Tür ab. Er dreht den Schlüssel zweimal im Schloß herum. Dann nimmt er mich wieder bei der Hand und wendet sich den Fresken der Umbrischen Schule in der Doppelkapelle zu.

»Here you see«, sagt er, »the picture of the cripple.« Die Kollegin scheint zu überlegen, was »cripple« heißt. Der Mönch steht in unserer Mitte. Wenn sie mit mir sprechen will, muß sie sich entweder nach vorn beugen und um seinen Bauch herum, oder sie muß sich zurückbeugen und hinter seinem Rücken mit mir sprechen. Sie spricht über seinen Bauch hinweg. »Cripple«, sagt sie, »das muß Krüppel heißen.«

Wir gehen weiter zum Martyrium des heiligen Placidus. »Do you see«, sagt der Mönch zu meiner Kollegin, »the tongue of Saint Placid, sie wird ihm mit glühenden Zangen ... wie man sagt auf deutsch?«

»... herausgerissen«, sagt die Kollegin.

Der Mönch nickt. »Ja«, sagt er, »ja, ja, die Sprache.«

Seine Hand liegt ruhig auf meinem Arm.

Die Japaner haben uns inzwischen eingeholt. Sie stehen hinter uns und neigen alle den Kopf zur Seite, so wie es der heilige Placidus tut, während ihm die Zunge herausgerissen wird. Den Mönch begrüßen sie respektvoll, indem sie sich verneigen.

Wir gehen weiter, die Japaner hinter uns. »Here«, sagt der Mönch und deutet mit dem Kopf auf ein weiteres Fresko, »he is dead.« Er meint den Heiligen im Sarg.

»Please follow me«, sagt er dann, jetzt nicht nur zu uns, sondern auch zu der Japanergruppe, die hinter uns hergeht, »I'll show you now the picture of Saint Francis of Assisi, which was painted before 1224.« Wir gehen die Treppe hinunter zur Unterkirche.

»Sehen Sie«, sagt der Mönch in beinahe akzentfreiem Deutsch zu mir, »den Fels? Diese Kirche ist in den Fels gebaut.«

»Nicht schlecht«, sagt die Kollegin jetzt weder vor noch hinter dem Mönch, sondern laut vor sich hin, »wie sie die natürlichen Höhlen und Felsterrassen in die Architektur einbezogen haben, so daß alles unregelmäßig ist und damit doch eigentlich heidnisch.«

Mehrere Japaner hinter uns klopfen den Fels ab. Sie diskutieren heftig miteinander.

Die Unterkirche besteht aus unterschiedlich hoch gelegenen Kapellen und Grotten. Die Kollegin ist inzwischen begeistert. Sie hat ein Deckengemälde entdeckt, auf dem die Evangelisten mit Tierköpfen abgebildet sind.

»A little bit later«, sagt der Mönch, »first of all Saint Francis.« Er lächelt mir zu. Wir steigen jetzt eine schmale Steintreppe, die in den Fels geschlagen ist, hoch. Wir müssen alle drei die Köpfe einziehen. Die Japaner, die hinter uns nachdrängen, nicht. Sie stehen in einer langen Schlange bis auf die Treppe zur Oberkirche.

»Here it is«, sagt der Mönch, als wir in dem düsteren Höhlenraum stehen, und zeigt auf das Bild eines bärtigen jungen Mannes, das einzige Bild, das unter Glas ist.

»We know«, sagt er, »it was painted before 1224, because you don't see the stigmata, you see?«

Unterdessen hat er zwei schmale Fenster geöffnet.

»Sehen Sie den Wald?« sagt er. »Hören Sie die Vögel und den Fluß?«

Er schaut auf die felsige Decke der Kapelle. Durch die schmalen Fenster fallen Sonnenstrahlen. In den Sonnenstrahlen wirbelt der Staub. Ein Strahl fällt auf die rechte Hand des heiligen Franziskus.

»Das ist vielleicht eine Datierungsmethode«, sagt die Kollegin, »*vor* und *nach* der Stigmatisierung.« Sie lacht.

»Komm«, sagt der Mönch und hält meine Hand fester, »komm, ich zeig dir das Jüngste Gericht.« Zu der Kollegin und den Japanern: »The Last Judgement.«

Die nachströmenden Japaner treten alle an die schmalen Fenster, schauen hinaus, sagen »ah« und »oh« und holen tief Luft.

Zum Jüngsten Gericht sagt der Mönch dann nichts. Er legt einen Arm um meine Schultern und berührt meinen Hals, während ich den Engel anschaue, der die Trompete bläst, und auch all die blutigen Füße, zerstochenen Leiber, die Hände und die zerplatzten Köpfe.

»Hörst du die Vögel?« Der Mönch hält den Kopf schief,

die Augen hat er halb geschlossen, die Finger sehr vorsichtig auf meinem Hals, die andere, freie Hand auf das Fenstersims gestützt. Die Japaner hinter uns sind ganz still.

»Tja«, sagt die Kollegin. »Angst zu machen hat die Kirche immer schon verstanden.« Und nach einer kurzen Pause: »Nur komisch, daß dieses Kloster in meinem Kunstführer nicht erwähnt ist. Es müßte doch dicke Bücher darüber geben.«

Der Mönch schließt die beiden schmalen Fenster. Es dunkelt. Wir kehren um, die Japaner gehen, weil kein Platz ist, rücklings die Treppe zurück. Wir gehen wieder in die Unterkirche. Während die Kollegin noch einmal die Evangelisten mit den Tierköpfen an der Decke betrachtet, schüttelt der Mönch den Kopf. »Der Löwe ist ganz falsch gezeichnet«, sagt er, »man sieht, daß der Maler in seinem Leben keinen Löwen gesehen hat. This lion greans«, sagt er zur Kollegin, »do you understand?« Die Kollegin antwortet nicht und starrt auf die Decke.

Schließlich gehen wir zusammen die Treppe weiter hinunter, die Kollegin links, ich rechts, in der Mitte der Mönch, sehr aufrecht, mit halbgeschlossenen Augen. Rechts neben der Treppe auf dem Fels reitet der Tod auf einem Pferd. Sein langes Schwert ist silbern weiß wie die Mähne des Pferdes; links auf der Mauer die drei Stadien des Todes; die frische Leiche, die Fäulnis und das Skelett.

Der Mönch schaut weder nach rechts noch nach links. »Jetzt«, sagt er, »I'll show you the light.« Und noch weiter geht es die steilen Treppen hinunter. »Die Treppe aller heiligen Märtyrer«, steht auf einem kleinen Messingschild. Rechts am Fels sind goldene Farbreste, Bildfragmente. Da hat die Jungfrau noch schwarzgeschminkte Mandelaugen und ein goldenes Gewand.

»Das ist ja byzantinisch«, sagt die Kollegin ein wenig heiser und neigt sich weit vor zu dem Bild. Ganz leise hören wir von oben noch die Stimmen der Japaner, die zurückgeblieben sind.

»Vieni, komm, sieh, la luce, das Licht.« Der Mönch öffnet eine Tür, und wir treten auf einen durch eine Mauer gesicherten Felsvorsprung ins Freie. Die Kollegin bleibt dicht vor dem byzantinischen Madonnenbild stehen.

Nun wölbt sich das Kloster wie ein großer Fels über uns, die Säulengänge, die Höhlen, blaß verschwimmende Bilder auf dem Fels, Gold, unter uns Gärten, darunter der Fluß, vor uns die Hügel und Wälder. Das alles und wir selbst in gleißendem Licht. Ich schließe die Augen. Der Mönch schließt die Tür, ich höre ein leises Klicken. Wir sind allein.

Ich öffne die Augen. Der Mönch schaut mich an. Er hat sehr helle, graue Augen. Sie sind fast wimpernlos. Sein Gesicht ist entspannt. Nur die Hand, die er in meinen Nacken legt, zittert. Merkwürdigerweise geht mir ausgerechnet ein Satz durch den Kopf, der in meinem Italienischlehrbuch als Beispiel dafür angeführt ist, wie Beispiele in Italienischlehrbüchern keinesfalls aussehen sollen: Il filosofo attraversó il fiume a cavallo. Ma il poeta rimase a scrivere i suoi versi immortali.

Der Mönch deutet mit der freien Hand zu Boden. »Dort«, sagt er und deutet auf die Marmorplatte, auf der wir stehen, »werden wir begraben. Bleib«, sagt er, »bleib«, als ich weitergehen will. Und umfaßt mich plötzlich mit beiden Armen. Ich weiß nicht, warum ich mich nicht wehre. Und ich weiß nicht, wie lange es dauert, bis ich die Stimme der Kollegin – ich weiß nicht, wie und woher – plötzlich vernehme. »Tolle Landschaft«, sagt sie. Sie steht neben mir und schaut in die Luft, als hätte sie uns gar nicht gesehen. Der Mönch läßt mich los. Und dann lehnen wir alle drei an der Mauer und schauen in verschiedene Richtungen. Der Mönch schaut in die Wälder, zu den Bergen. »Ja«, sagt er, »ja, ja.«

Dann gehen wir zurück nach oben. Der Mönch hat es jetzt eilig. Er schaut auf die Uhr. »It is six o'clock, we close at this time.« Wir steigen nun fast im Laufschritt die Treppen hoch. Der Mönch zieht mich an der Hand hinter sich her. Schließlich schiebt er uns regelrecht durch das Klostereingangstor hinaus.

Das Auto springt lange nicht an. Es spuckt und knattert. Knatternd fahren wir los. Wir sind jetzt froh, daß wir es im Schatten abgestellt haben. Es ist angenehm kühl. Vor uns fährt der Bus mit den Japanern.

»Hast du einmal *Der Graf von Monte Christo* gelesen?« fragt mich die Schriftstellerkollegin. Ich schüttle den Kopf. »In dem Roman«, sagt sie, »gibt es nur drei Frauengestalten: die Keusche, die Böse und die Mutter. Und die Männer«, sagt sie, bergab kriegt sie die Kurven seltsamerweise mühelos, »die Männer sind allesamt Helden.«

Die Taube

Alles fing damit an, daß zwei Männer bei mir klopften, die behaupteten, von der Hausverwaltung geschickt worden zu sein, um das Gasabzugsrohr zu reinigen. Sie hatten Blaumänner an und nichts dabei außer einer Zange und einem Metermaß. Ich ließ sie herein, und sie sahen sich rasch in meinem Zimmer um. Der Jüngere fragte mich, ob ich einen Staubsauger hätte. Den hielten sie dann gemeinsam an das stillgelegte Gasabzugsrohr über meinem Elektroherd, wobei sie mich nach meinen Lebensgewohnheiten ausfragten. Ich sagte ihnen alles. Daß ich nur etwa drei Monate im Jahr in Paris sei, wenige Bekannte hier hätte und allein wohnte. Ich dachte, ich stelle mich so naiv, damit sie nicht merken, daß ich längst gemerkt habe, daß sie von keiner Hausverwaltung geschickt worden sind. Ich meine, dabei war mir klar, daß sie wußten, daß ich nicht wollte, daß sie es wußten. Was mich dahin brachte, immer noch offenherziger über meine Belange zu sprechen. Als sie mich fragten, wohin die, außer der Eingangstür, einzige verschlossene Tür in meinem Zimmer führe, sagte ich: »In das Badezimmer«, wobei ich sogar die Tür öffnete und sie einen Blick auf meine Sitzbadewanne werfen ließ, die fast das ganze Badezimmer ausfüllte. Es war furchtbar. Am Ende erzählte ich den beiden Eindringlingen schweißgebadet, daß mir in Paris die Berge Österreichs fehlten, wozu der Ältere – es handelte sich, ihrem Akzent nach zu urteilen, um Polen – ganz ernsthaft nickte. Nein, sagte ich, als es ans Zahlen ging, Bargeld hätte ich keines im Haus, da müßten sie schon eine Rechnung dalassen.

»Ach, Rechnungen«, sagte einer der Männer. Der andere fragte, ob ich denn keine Schecks hätte. Nein, sagte ich, Schecks hätte ich nie gehabt. Das liege mir nicht. Ich hätte immer lieber Bargeld im Haus gehabt. Die beiden lächelten. Schließlich einigten wir uns darauf, daß sie am Abend noch einmal vorbeikämen, um die Rechnung vorzulegen, wobei wir alle drei wußten, daß sie bestimmt nicht am Abend vorbeikämen. Jedenfalls nicht an diesem Abend und nicht, um eine Rechnung vorzulegen, die sie gar nicht ausgestellt hatten.

Mein Freund, der zehn Minuten zu Fuß von mir entfernt wohnte, brachte noch am selben Abend eine Sicherheitskette an meiner Tür an, aber das Holz des Türrahmens war so morsch, daß dabei ein großes Stück herausbrach. Kurz: Ich rechnete von da an jede Nacht mit einem Einbruch.

Ungefähr zu der Zeit fing auch der Krach im Haus an. Zuerst hatte ich an eine Pokerrunde gedacht.

Der Betrieb ging etwa um halb elf Uhr nachts los. Ab da kamen sie die Treppe hoch, andere gingen die Treppe hinunter. Sie unterhielten sich auf dem Gang, lachten, und wer in die Nachbarwohnung hineingelassen wurde oder aus der Wohnung hinausging, hinter dem fiel die Tür mit einem Knall ins Schloß. Es handelte sich, den Stimmen und den Schritten nach zu urteilen, ausschließlich um Männer. Wenn sie etwa im Stundenrhythmus die Wohnung verließen, sagten sie »Merci« oder »Merci beaucoup« oder »Merci, merci, merci«.

Ich kam zu dem Schluß, daß der Mann in der Wohnung neben meinem Zimmer in der Rue de Charonne ein Bordell aufgemacht hatte.

Wenn ich nicht ausging und allein in meinem Zimmer war, saß ich meist schon um zehn Uhr abends im Schlafanzug vor meinem Fenster, von dem aus ich die neue Oper sehen konnte, die abends, offenbar computergesteuert, in einer unendlichen Abfolge immer verschiedener Lichteffekte erstrahlte. Das wirkte stets einschläfernd auf mich. Kaum aber hörte ich die ersten Schritte und das Lachen und Türeknallen, war ich wieder hellwach.

Während ich schlaflos in meinem Bett lag, fragte ich mich, woraus das Haus – weder ein Altbau noch ein Neubau – eigentlich gebaut sein mochte. Wie konnte es angehen, daß mein ganzes Zimmer schwankte und bebte, wenn draußen auf dem Gang jemand vorbeiging?

Ich liege auf einer Matratze auf dem Boden, mit dem Kopfende an der Wand zum Gang hin. Die Matratze zittert. Die

Wand ist so dünn, daß ich den Holzboden knarren höre und meine, die Vorübergehenden an ihren Hosenbeinen festhalten zu können. Manchmal höre ich auch die Stimme einer Frau. Aber ich weiß nicht, ob sie vom Gang oder aus dem Inneren der Nachbarwohnung kommt.

Seit etwa einer Woche verfolgt mich tagsüber unten auf der Straße ein großer Schwarzer. Ich begegne ihm beim Einkaufen im Supermarkt, im Bistro, im Café-Tabac. Ich meine mich zu erinnern, ihn während meines letzten Parisaufenthaltes im Winter immer mit einer viel älteren, sehr kleinen weißen Frau gesehen zu haben. Sie trugen damals beide selbstgestrickte weiße Wollmützen und -schals. Der Schwarze versucht, mich beim Vorübergehen mit der Hand zu berühren. Ich muß viele Umwege machen, um ihn abzuschütteln. Er soll nicht wissen, wo ich wohne.

Es wird immer schlimmer. Ich höre jetzt nachts oft laute Musik, französische Chansons, aber auch seltsam chromatische Gesänge. Vielleicht türkische oder russische? Wenn sich nachts um halb eins zwei oder drei Männer und eine Frau auf dem Gang des sechsten Stockwerks – und das heißt: genau vor meinem Bett – unterhalten, dann male ich mir verschiedene Szenarien aus. Ich stelle mir zum Beispiel vor, die fragen sich plötzlich, wer in Nummer sechs wohnt. Die Frau sagt: Da wohnt so eine Ausländerin. Einer der Männer sagt: Da schauen wir doch mal nach. Dann drückt einer von ihnen mit der Schulter meine Tür ein (hat mein Freund einmal gesagt: »Deine Tür kann man ja mit einer Schulter eindrücken«), und dann fallen sie über mich her. Die Concierge hat mir neulich erst erzählt, daß voriges Jahr in unserem Toreingang eine Frau vergewaltigt worden sei. Mir bricht der Schweiß aus. Ich beobachte schon, wie ich, wenn ich abends in der Sitzbadewanne sitze und es, während ich mit dem Rücken auf dem erhöhten Sitzteil der Badewanne liege und die Beine senkrecht an den Kacheln der Badezimmerwand abstütze, draußen auf dem Gang trampeln und knallen und lachen höre, überlege, wo ich die beiden Badewannenstöpsel verstecke, falls jemand bei mir einbricht. Manchmal hab ich die Hand die halbe Nacht auf dem Telefonhörer. Noch ein Schritt oder Laut auf dem Gang draußen, und ich rufe meinen Freund an. Oder die Polizei. Diese letzte Nummer ist kürzer: 16.

Mein Freund sagt, ich steigere mich da in etwas hinein. Andererseits hat er selbst erst neulich gesagt, es gäbe statistisch gesehen keinen Haushalt in Paris, in dem nicht schon mindestens einmal eingebrochen worden sei.

Einmal, als ich aus meinem Zimmer trat, um den Abfall unten im Hof in die Mülltonne zu bringen, standen ein Mann und eine Frau, die einander umarmten, im Treppenhaus vor meiner Tür. Sie waren anscheinend so in ihre Umarmung versunken, daß sie mich nicht aus meinem Zimmer kommen hörten. Jedenfalls reagierten sie nicht. Es fiel mir auf, daß sie ganz bewegungslos dastanden. Während ich die Tür abschloß, wobei mir meine Abfalltüte aus der Hand fiel, meinte ich gesehen zu haben, daß sie mich aus den Augenwinkeln beobachteten. Aber gleich darauf, als ich den Abfall mit der Hand wieder in die Nylontüte schaufelte, kam es mir so vor, als ob die Frau weinte. Als ich mich an den beiden vorbeizwängte, hatte ich dann wieder den Eindruck, das Paar stünde gar nicht in inniger Umarmung vor meiner Tür, sondern der Mann hielte die Frau wie in einem Schraubstock in seinen Armen gefangen. Ich stolperte die Treppe hinunter. Zwei Stockwerke tiefer stellte ich die Abfalltüte ab, setzte mich auf die Stufen und horchte. Aber ich hörte nichts. Weder das Knarren des Holzbodens, wenn sich jemand dort oben bewegt, noch das leiseste Weinen.

Ich weiß nicht, warum ich plötzlich so müde wurde. Es kam mir so vor, als würden meine Beine schwerer und schwerer, und ich fragte mich, was ich eigentlich in Paris verloren hatte. Schließlich hätte mein Freund ja auch zu mir nach Salzburg kommen können.

Erst als die Spanierin, die im vierten Stockwerk wohnt und mich immer so hochmütig grüßt, mit ihrem Pudel aus der Wohnung trat, stand ich schnell auf, nahm meine Tüte und lief vor ihr die Treppen hinunter. Draußen auf dem Hof, hinter der Mülltonne, lag eine tote Taube. Der Schnabel stand weit offen.

Nachdem ich langsam die sechs Stockwerke wieder hochgegangen war, war das Paar vor meiner Tür verschwunden.

Aber wenn der Mann und die Frau weggegangen wären, hätte ich ihnen doch begegnen müssen. Ich schloß meine Tür auf und öffnete sie vorsichtig. Aber in meinem Zimmer war niemand. Auch im Badezimmer nicht, wie ich mich extra überzeugte. Dann trat ich sogar noch einmal leise auf den Gang und horchte an der Tür zur Nachbarwohnung. Auch von dort war nicht das geringste zu hören.

In der darauffolgenden Nacht war ich richtig erleichtert, als der ganze Lärm wieder losging. Ich zog meinen Schlafanzug an und schaute auf die Oper, die, in helles Licht getaucht, wie eine Festung aussah, um sich dann mit wärmeren Lichttönen in ein Schloß zu verwandeln und am Ende in eine Art futuristisches Einkaufszentrum. Dann setzte ich mich auf meine Matratze und las deutschsprachige Zeitungen. In meine Lektüre über das Ausmaß der Verstrickung ehemaliger DDR-Politiker aller Lager in Stasitätigkeiten schlich sich Panik.

Kuchenbacken

Bevor ich selbst ein Kind hatte, wußte ich nichts über Spielplätze.

Es ging um Ribiselkuchen mit überbackenem Eiklar, genauer – wir sind in Berlin –: um roten Johannisbeerkuchen mit gebackenem Eiweiß. Die Frage, die die Mutter, die auf der Bank rechts neben mir saß, der Mutter stellte, die auf derselben Bank rechts neben ihr saß, war: »Wie kriegt man den Eischaum hin, daß er nicht in sich zusammensackt?«

Unsere Kinder spielten im Sand. Das heißt, die beiden Mädchen der anderen Mütter spielten im Sand. Meine Tochter, die die kleinste war, stand daneben und sah zu.

Die Frau, die rechts von der Frau rechts von mir saß, sagte: »Steif schlagen.« Man müsse, sagte sie, das Eiweiß sehr steif schlagen, sonst fiele es sofort in sich zusammen. Die neben mir nickte. Selbstverständlich, sagte sie, schlage sie das Eiweiß sehr steif. Daran liege es eben nicht, da sei sie ganz sicher. Steifer könne man Eiweiß unmöglich schlagen, als sie es schlage.

Meine Tochter hockte sich zu den beiden Mädchen hin und sah aufmerksam zu, was sie taten. Sie streckte den Kopf vor und blähte ein bißchen die Nasenflügel.

Als die beiden älteren Sand in die Luft warfen, lachte sie und hob die Arme, als ob sie auch Sand in die Luft würfe.

Dann werde es daran liegen, sagte die eine Mutter zur anderen, daß sie keinen Zucker ins ungeschlagene Eiweiß gebe. Sie selbst gebe immer zwei Eßlöffel Zucker hinein und schlage es dann erst. Die neben mir winkte ab. »Mach ich doch«, sagte sie, es klang resigniert, »mach ich doch.« Die zweite zuckte die Schultern. Eine Weile schwiegen sie. Dann sagte die erste, sie glaube, in den Konditoreien und Bäckereien gäben sie irgend etwas Chemisches in das Eiweiß, so daß es nicht in sich zusammenfalle. Die zweite schüttelte den Kopf. Nein, sagte sie, das glaube sie nicht, denn sie habe um die Ecke einen alternativen Bäcker, der mit Sicherheit nichts Chemisches in seine Kuchen gäbe. Trotzdem fiele bei dem das Eiweiß nie in sich zusammen. »Eine schöne Mütze Eiweiß auf dem Apfelkuchen«, sagte sie.

»Aber wie«, sagte die andere, »wie macht er das?«

Wieder Schweigen.

Die beiden älteren Mädchen waren inzwischen dazu übergegangen, Sand in bunte Plastikformen zu füllen. Sie hatten eine rote Fischplastikform, eine blaue Entenform, eine violette Seesternform und eine grüne Schildkrötenform.

Ich suchte in den zwei schwarzen Beuteln, die ich immer dabeihabe, wenn wir auf den Spielplatz gehen, nach der gelben Schaufel, dem gelben Kübel, der gelben Gießkanne und der pinkfarbenen Fischplastikform meiner Tochter. Sie beachtete ihre Sachen aber nicht, sondern griff nach der roten Fischform der älteren Mädchen, die sie wohl gleich im Auge gehabt hatte. Das eine der beiden Mädchen griff auch nach der roten Fischform, an die sich meine Tochter klammerte. Kurze Zeit zogen und zerrten sie beide an dem Ding, bis sie fast gleichzeitig losschrien. Die Mütter neben mir sprangen auf. »Laß dem kleinen Kind die Form«, sagte die eine Mutter, »du hast genug andere.«

»Das kleine Kind versteht es noch nicht besser«, fügte die andere Mutter hinzu, »ihr seid schon groß.«

Das Mädchen ließ widerstrebend die Fischform los, und meine Tochter hielt triumphierend die Form in die Höhe. »Da«, sagte sie.

Die beiden älteren Mädchen wandten sich jetzt ein bißchen von meiner Tochter ab und buddelten weiter im Sand. Meine

Tochter schaufelte Sand mit der roten Fischform und schüttete dann den meisten Sand auf ihren Kopf.

Plötzlich beugte sich die Frau neben der Frau neben mir weit vor und sagte: »Den Backofen erst zwei Zentimeter öffnen.« Ich dachte im ersten Moment, sie spräche mit mir, und sah sie an. »Nach dem Backen natürlich. Dann fünf Zentimeter, und erst, wenn das Backrohr schon kühl ist, ganz öffnen.«

Da wurden wir von einem ziemlichen Geschrei unterbrochen. Die Sache war auf den ersten Blick klar: Der Sandkuchen, den die beiden Mädchen gebacken hatten, war zerstört. Obenauf lag die rote Fischform. Meine Tochter lag auf dem Rücken und schrie. Wir sprangen nun alle drei auf. Ich hob meine Tochter hoch, die beiden anderen Mütter schimpften mit ihren Töchtern. Die beiden Mädchen weinten jetzt auch, so daß es ein ziemliches Geschrei war. »Die macht alles kaputt«, schrie eines der Mädchen, »die soll weggehen.« Meine Tochter hörte auf zu weinen. »Da«, sagte sie und deutete auf den kaputten Sandkuchen.

»Das Baby darf auch im Sand spielen«, sagte die Mutter, die neben mir gesessen hatte. »Wenn ihr nicht zu dritt spielen wollt, dann müßt ihr eben weggehen.« Da nahm das eine ältere Mädchen das andere bei der Hand, und sie liefen zum Kletterturm mit der Rutsche. Das Sandspielzeug ließen sie liegen. Ich setzte meine Tochter wieder hin, und sie begann, Sand aus der roten Fischform in die blaue Entenform und von dort in die violette Seesternform zu kippen. Ich glaube, es war ziemlich schwierig für sie, dabei nicht den ganzen Sand zu verlieren. Sie blähte wieder die Nasenflügel und schob die Unterlippe vor.

»Es ist das schlimmste Alter«, sagte die Frau neben der Frau neben mir jetzt ganz eindeutig zu mir. Die andere Frau, die plötzlich ganz krumm dasaß, nickte nur stumm. Aber dann nahm sie sich anscheinend zusammen und richtete sich wieder auf. Ihre Stimme war irgendwie unbeteiligt, als sie sagte, man müsse das Eiweiß selbstverständlich ganz vorsichtig unter den Teig heben. »Klar«, sagte die andere.

Die beiden Mädchen auf dem Kletterturm balancierten dort immer waghalsiger herum. »Mutti«, rief die eine, »guck mal, wie ich hänge.« Über uns flog ein Flugzeug. Es zog eine lange, schnurgerade weiße Linie durch den wolkenlos blauen Himmel. »Da«, sagte meine Tochter und deutete nach oben. Die beiden Frauen schauten auch nach oben, und dann schauten sie wieder zu mir her. Eine stand auf und sammelte das Spielzeug der beiden Kinder auf. Dann packten sie alles in die Sportkinderwägen und gingen auf den Ausgang des Spielplatzes zu. Ihre Töchter liefen ihnen nach. Ab und zu drehten sie sich nach mir um. Noch als sie schon fast auf dem Kaiserdamm waren, drehte die eine sich um.

1990

1990 war das Jahr, in dem ich meine Unschuld verlor.

Vom 4. August bis zum 4. September saß ich für unabsehbare Zeit zum letztenmal jeden Tag mehrere Stunden an verschiedenen Plätzen des Weinberges über der kleinen Ortschaft ca. sechzig Kilometer südöstlich von Rom, wo ich jedes Jahr zwei oder drei Monate verbrachte, und sah übers Land. Mein Lebensgefährte hat seinen Weinberg teils terrassiert, teils mit Steinstufen versehen, so daß wir überall verschiedene kleine Plätze haben. Wir haben zum Beispiel den Platz unter dem Haselnußstrauch mit der österreichischen Holzbank, von der aus wir über das Dach unseres Häuschens, das ursprünglich nur tagsüber von den Weinbauern benutzt wurde und in dem wir nun zwei Zimmer haben, auf die niedrigeren Hügel unmittelbar vor dem Weinberg sehen; den Stehplatz am hohen Weinfaß unter den Olivenbäumen, wo wir, relativ geschützt vor der Sonne, dem Abendwind und den Blicken der Nachbarbauern, am späten Nachmittag unseren Spumante trinken; den Platz mit dem alten Autosessel unter dem Kirschbaum, der gegen die Ausläufer der Abruzzen gerichtet ist, die sich in der Ferne hinter unserem Haus auftürmen und auf denen manchmal schon im Spätherbst der Schnee liegt; die verhältnismäßig große terrassierte Fläche, von uns »Die ägyptische Terrasse« genannt, mit den zwei Campingliegen und dem römischen Sonnenschirm, von der aus wir auf den Monte Scalambra sehen, auf dem noch im vorigen Jahrhundert Räuber saßen und die Maler des Nazarenerbundes erschreckten, die in Rom und Umgebung lebten und die einzigen waren, die zum Unverständnis der einheimischen Bevölkerung Fußwanderungen auf den Monte Scalambra unternahmen, auf dem heute die reichen Römer ihre Sommerhäuser haben; den Philosophenplatz mit der kleinen Schulbank an exponierter Stelle, unter der der Weinberg steil abzufallen scheint bis in die Ebene, die unter uns liegt wie ein Meer; die kleine Terrasse neben dem ehemaligen Hasenstall, in dem jetzt unser Chemieklo steht, wo im Hochsommer kein Lüftchen weht, der Geruch des Ginsters über der Terrasse betäubend ist und wo sich auf dem Holzstapel an der Wand Eidechsen reglos sonnen; und schließlich die Hauptterrasse auf dem Dach des ehemaligen Weinkellers, in dem jetzt mein Zimmer ist. Auf dieser Terrasse, auf die die Sonne tagsüber am heißesten scheint, sitzen wir nachts, trinken unseren Wein und schauen auf die Ebene unter uns. Überall blinken die Lichter der weit über die Ebene verstreuten kleinen Ortschaften auf, oder es dröhnt der Lärm von Knallkörpern aus verschiedensten Richtungen unter oder hinter uns, weil im Sommer fast jeden Tag irgendwo ein Feuerwerk gezündet wird. An klaren Herbsttagen kann man von hier den Silberstreifen des achtzig Kilometer entfernten Meeres sehen. So verbrachten wir jahrelang die Zeit: Man sitzt und sitzt und schaut und schaut, arbeitet, sitzt und schaut. Manchmal überlegte ich eine Viertelstunde, ob ich zur Quelle gehen und Trinkwasser holen oder doch noch damit warten sollte, schleppte mich nachmittags, wenn die Sonne schon tief stand, den Hügel hoch, um endlich die Tomaten zu gießen, beobachtete lange den Nachbarbauern, der die Olivenbäume beschnitt, nahm zwischendurch eine Dusche aus der Gießkanne, blieb zwischen zwei Sätzen einer Geschichte auf dem Weg zum Chemieklo an einer Malve hängen und beobachtete, wie eine Hummel in die oberste der Blüten kroch und mit ihrem Gewicht den haushohen Malvenstamm ein Stück zur Erde hinunterbog, so daß er ausschwang und pendelte wie eine lautlose Glocke. Dann, auf dem Rückweg vom Chemieklo zu meinem Arbeitszimmer, verfolgte ich die Fahrt eines Autos in der Ebene unten, wie es hinter einer Bodenwelle verschwand und etliche Sekunden später wiederauftauchte, wobei die in der Sonne aufblitzende Stoßstange mich auf meinem Hügel oben blendete. Ich betrachtete, zurückgekehrt ins Haus, minutenlang ein neues Holzwurmloch im Hauptbalken über dem Bett, stellte fest, daß der am Vortag mit Insektenvernichtungsmitteln besprühte Skorpion immer noch lebte, aß mal hier eine Feige vom Baum, dort eine Weintraube oder eine Tomate, überlegte ab fünf Uhr abends, ob es schon Zeit sei, ins Dorf hinunterzugehen und bei Gina den Aperitif zu nehmen oder vielleicht vorher noch bei Jens, dem Dänen, vorbeizuschauen, der vor zehn Jahren eine Badewanne entworfen hat, für die Sydne Rome Modell stand, oder bei Juri, dem Pianisten, der, seit er beim Klavierwettbewerb in Moskau hinter Wladimir Ashkenazy nur den zweiten Platz belegte, nie mehr ein Konzert gegeben hat.

Im August 1990 nahm ich plötzlich alles verstärkt wahr. Die Farben erschienen mir besonders leuchtend, und die Gerüche waren von einer beklemmenden Intensität. Es kam vor, daß ich den Platz neben dem Hasenstall verlassen mußte, weil der Ginster zuerst süß, dann immer süßer und schließlich so klebrig-süß roch, daß mir übel wurde. Ich wachte morgens von zartem Jasminduft auf, und kurz darauf schien er sich zu verdichten und in Wolken über meinem Bett zu hängen und mich zu ersticken. Grünschillernde Eidechsen verwandelten sich in häßliche Schuppenmonster, die ihrem Ehepartner den Schwanz abbeißen und ihre Kinder fressen.

Wenn ich länger in der Sonne stand und ins Tal starrte, wurde mir schlecht, vom Geräusch der Motorsensen bekam ich Kopfweh, und an dem Tag, an dem ich an meinem Schreibtisch sitzend, die Arme über der Schreibmaschine gekreuzt, über meiner Arbeit einschlief, begann ich mir Sorgen über meinen Zustand zu machen. Ich dachte an eine sich massiv ankündigende depressive Phase, an Immunschwäche, an Aids. Obwohl ich wegen der ständigen Übelkeit kaum noch etwas aß, wurde ich dicker.

Eines Morgens, es war der 3. September 1990, und ich hatte einen schweren Kater, weil wir am Vortag mit Juri und Karen mehrere Flaschen eines besonders süßen Spumantes getrunken hatten, beschloß ich, einen Schwangerschaftstest zu machen. Nicht daß ich wirklich an eine Schwangerschaft geglaubt hätte. Ich hatte nie ein Kind gewollt und hätte auch, wie ich dachte und wie mir Frauenärzte bestätigt hatten, gar keins kriegen können.

Ich nehme an, die Hitze war an jenem Vormittag besonders drückend. Ich stelle mir vor, vom Meer her zogen Wolken auf über der Ebene. Ich ging den Lehmweg hinunter, zwischen dem Olivenhain von Nino, dem achtzigjährigen Bauern, der immer noch täglich sein Land bestellt, und dem Brombeergebüsch auf der verwahrlosten Fläche hinter dem Friedhof, ging die Friedhofsmauer entlang, hinter der aus irgendwelchen Wasserreservoirs Geräusche kommen, als ob durstige Geister noch einmal aus ihren Gräbern gekrochen wären und sich schlürfend über frisches Wasser hermachten, vorbei an der Casa Baldi, in der in dreimonatigem Wechsel deutsche Schriftsteller und Maler ihre Stipendienzeit verbringen, und erreichte den Scheitelpunkt des Ortes. Oben, in der Bar der schönen Venere, trank ich bestimmt Kaffee. Vielleicht erzählte mir Venere an jenem Tag die Geschichte, wie ihre Mutter im Weinberg saß und ihren kleinen Bruder säugte und plötzlich eine Viper herankroch und an der anderen Brust ihrer Mutter trank, vielleicht erzählte sie auch gar nichts, sondern wischte sich bloß die Hände an dem weißen Kittel ab und seufzte. Jedenfalls bin ich sicher, daß ich mich nicht lange in der Bar aufhielt, ich hatte schließlich etwas vor. Ich ging die steilen Steinstufen zur Hauptgeschäftsstraße des Ortes hinunter, vorbei an Aldo, dem Autowerkstattbesitzer, der mich einmal mit meinem Auto aus dem Graben bei uns oben gezogen hatte, in den ich beim Rückwärtsfahren geraten war, vorbei an der Post, wo mich der Postbeamte hinter dem Schalter sicherlich durch die offene Tür grüßte (derselbe, der uns jedes Jahr am ersten Tag nach unserer Ankunft mit strahlender Miene Briefe überreicht, die dort seit einem Jahr liegen, statt sie uns an die von uns jedes Jahr neu hinterlegte Adresse in Paris oder Salzburg nachzuschicken), und betrat schließlich die Apotheke.

In der Apotheke ist es wegen der herabgelassenen Rollos dunkel und kühl. Der Apotheker, der aussieht wie Italo Svevo und bei dem jeder Verkaufsversuch einerseits mürrisch, andererseits irgendwie philosophisch klingt, schaut mir in die Augen.

»Cosa desidera?«

Ich habe eine seltsam trockene Kehle und räuspere mich. In dem Moment, als ich antworten will, rauscht ein Schwall junger Frauen oder Mädchen in die Apotheke. Mich fröstelt.

»Cosa desidera?«

Ich schweige. Die jungen Frauen oder Mädchen kichern. Sicher kenne ich alle, erkenne sie aber nicht. Mir ist ein wenig schwarz vor Augen. Plötzlich merke ich, wie mir die Hitze in den Kopf steigt. Die Mädchen oder jungen Frauen, der Apotheker, der ganze Ort sinken zurück wie in einen dicken Wattebausch. Alle Blicke wie aus weiter Ferne auf mich gerichtet, weiß ich, daß ich blutrot angelaufen bin im Gesicht. Die Mädchen oder Frauen wenden sich endlich von mir ab und dem Apotheker zu. Ich verlasse panikartig und unverrichteter Dinge die Apotheke. In der Bar von Gina, gegenüber, trinke ich erst mal einen Campari. Dann noch einen Fernet. Während ich an der Eistruhe lehne und trinke, schäme ich mich in Grund und Boden. Es zieht in meiner Brust, ich bin so müde, daß ich mich am liebsten auf den kühlen Steinboden legen und schlafen würde. Die Hörspieltagung in Rust am Neusiedlersee fällt mir mit einem Male ein, auf der ich im Mai mein erstes Hörspiel vorlas. Während der Tagung saßen überall Störche auf den Dächern, auf Rauchfängen und Fabrikschloten. Irgendwie ekelt mir plötzlich vor den fetten Vögeln, die abends die Köpfe in den Nacken legten und klapperten. Der Boden unter mir schwankt. Gina, die was gemerkt haben muß, bringt mir ein Glas Wasser. »Fa troppo caldo«, sagt sie. Das sagt sie gerne. Wenn sie nicht gerade sagt: »Fa troppo freddo.« Ich hasse inzwischen den Apotheker. Ich meine, ein schmieriges Lächeln um seinen Mund gesehen zu haben, als ich die Apotheke verließ. Ich beschließe, mich keinesfalls von einem schmierigen Apotheker mit weißen Schläfen und runden Brillengläsern von meinem Vorhaben abhalten zu lassen. Ich trinke noch einen Cappuccino – es geht mir besser – und mache mich an meinen zweiten Versuch, einen Schwangerschaftstest zu erstehen. Vorher schaue ich noch einmal in meinem Wörterbuch nach: Un test della gravidanza. Ja, die Gravitation, die Schwerkraft, setzt uns allen zu! Ich bemühe mich um einen sehr aufrechten Gang. Die Tür zur Apotheke geht so schwer auf, als wäre sie aus Panzerglas. Diesmal ist die Apotheke leer. Ich trete an den Apotheker heran. Grinst er schon wieder? Egal.

»Un test della gravidanza.«

»Con piacere!« Mit Vergnügen. Er legt mir verschiedene Testsysteme vor. Es geht um »l'urina«, den Urin. Rein ins Reagenzglas, eine Minute waagerecht schütteln, oder ins Becherchen, viermal auf den Kopf gestellt, oder hier, sehen Sie den Teststreifen, ganz einfach. Einfach nur draufschiffen – oder wie drückt er sich da eigentlich aus? Ich erstehe den zuletzt angebotenen Test – das Paket enthält zwei Teststreifen, »per maggiore sicurezza« – und stehe schon wieder auf der Hauptstraße, auf die die Sonne heiß brennt. Die Übelkeit ist weg, die Müdigkeit auch, ich fühle mich befreit. Als hätte ich die Schlacht bereits gewonnen. Leichtfüßig wie seit Wochen nicht mehr, steige ich den Hügel zu unserem Haus wieder hoch. Oben angekommen, setze ich mich erst mal auf die Hauptterrasse, versinke im Liegestuhl. Die Wolken ballen sich über der Ebene zusammen, die Schwalben fliegen niedrig. Vielleicht kommt heute noch ein Gewitter. Jetzt hätte ich Lust, eine Geschichte über einen Apotheker in einem kleinen Ort in Süditalien zu schreiben, der seine Apotheke ganz auf den Verkauf von Schwangerschaftstests ausgerichtet hat. Insgeheim haßt er all die schwangeren Frauen, bis eines Tages eine große blonde Norditalienerin seine Apotheke betritt ... Aber irgend etwas wollte ich doch noch erledigen? Ich beobachte die schnell über die Ebene ziehenden Schatten, die von den Wolken kommen, die sich auf unseren Hügel zubewegen. Ach ja. Ich entrolle die Gebrauchsanweisung des Tests, die in dem kleinen Paket steckt, und entziffere sie mit Hilfe meines Wörterbuchs. Das Verfahren zur Feststellung der Schwangerschaft, steht da, ist von jedermann leicht auszuführen. Man hält den Teststreifen mit Daumen und Zeigefinger der rechten Hand an seinem verstärkten Ende, begibt sich damit auf die Toilette – »al gabinetto« – und lenkt den Urinstrahl auf das untere Ende des Streifens. Der Teststreifen muß bei der Ausführung des Tests senkrecht nach unten gehalten, der Urinstrahl steil seitlich darauf gelenkt werden, ohne jedoch über die angegebene Markierungslinie zu treffen. Bereits nach wenigen Sekunden, steht weiter da, ist das Testergebnis im Sichtfenster abzulesen. Ein blauer Streifen: nicht schwanger. Zwei blaue Streifen: schwanger.

Ich ziehe den Teststreifen vorsichtig am verstärkten Ende aus der Plastikhülle und betrachte das untere Feld. Der Teil des Streifens, auf den ich zielen darf, erscheint mir recht kurz. Auch ist die Frage ungeklärt, ob ich, wenn ich auf der Toilette hocke, den Teststreifen von vorne oder von hinten unter den Urinstrahl halten soll. Halte ich ihn irgendwohin und uriniere dann irgendwie los, kann ich natürlich nicht dafür garantieren, nicht über die Markierungslinie hinaus zu zielen. Und überhaupt: Ist so ein Urinstrahl zu lenken? Der weibliche, meine ich. Mir bricht der Schweiß aus. Zum zweitenmal an diesem Tag steigt mir die Hitze ins Gesicht. Ich fühle mich schlechterdings nicht in der Lage, diesen von jedermann leicht ausführbaren Test vorschriftsmäßig auszuführen. Ich tröste mich schließlich mit dem Gedanken, daß mir zwei Streifen zur Verfügung stehen. Per maggiore sicurezza. Benommen steige ich hoch zu unserem Chemieklo. Wie immer in letzter Zeit verursacht mir zuerst der süßliche Geruch des Ginsters und dann der süßliche Geruch des Zersetzungsmittels in der Toilette schwallartige Übelkeit. Ich hocke mich hin und entschließe mich, den Teststreifen von vorne senkrecht in den nun hoffentlich ebenfalls senkrecht nach unten schießenden Urinstrahl zu lenken. Genaueres sehe ich nicht, weil ich mich vor Übelkeit nicht bücken kann. Ich bleibe auf dem Klo sitzen, ziehe den Teststreifen unter mir hervor und betrachte ihn. Ein hellblauer Film zieht vom unteren Ende langsam wie ein Schleier über die Fläche bis zur Markierungslinie, darüber hinaus und über das Sichtfenster hinweg, auf dem ich in einigen Sekunden das Testergebnis werde ablesen können. Der blaue Film zieht weiter nach oben und verschwindet unter dem verstärkten oberen Ende, an dem ich den Streifen halte. Ich starre auf das Sichtfenster. Ein breiter blauer Balken bildet sich auf dem unteren Teil und kurz darauf ein weiterer auf dem oberen Teil des Sichtfensters. Ohne noch wirklich zu verstehen, was ich da sehe, spüre ich, wie mein Körper sich dehnt und streckt, wie ein merkwürdig kaltes Gefühl des – ja, ich kann es nicht anders sagen: des Triumphes sich in mir auszubreiten beginnt. Gänzlich willenlos lächle ich. Wie in Trance gehe ich zurück auf die Terrasse, lasse mich in den Liegestuhl fallen und falte meine Hände über meinem Bauch. Meine Brustwarzen kitzeln. Ich starre auf die Landschaft. Nichts hat sich inzwischen verändert, immer noch ziehen die Schatten der Wolken rasch über die Ebene. Die Schwalben kreisen vielleicht um ein geringes tiefer jetzt. Von irgendwoher höre ich die Motorsense eines Bauern. Ich rieche den Jasminduft von den Büschen neben dem Marmortisch. Die Panik kommt ebenso unvermittelt wie der Triumph. Sie kriecht über meine Beine, über den Bauch, hüllt meine Brust eiskalt ein und bleibt in der Gurgel stecken. Mein Leben ist aus, denke ich. Marie-Luise Fleißer fällt mir ein, die, nachdem sie geheiratet und Kinder bekommen hat, nichts mehr schrieb. Zumindest nichts von Bedeutung … In wenigen Sekunden zieht alles an mir vorbei, was sein wird: das Anwachsen des Bauches, bis ich die eigenen Füße nicht mehr sehen werde, der watschelnde Gang, die glasigen, abwesenden Augen, die alle hochschwangeren Frauen haben, die dünne, blasse Haut, die Adern, die auf der Brust und auf den Beinen bläulich sichtbar werden, die verquollenen Augen, das mühsame Sich-hin-und-her-Wälzen im Bett. Ich werde bereits dick sein, wenn mein Buch zur Buchmesse erscheint, womöglich hochschwanger meine Lesereise antreten. Schließlich denke ich an die Wehen, diesen Schmerz, von dem die Frauen gerne sagen, daß Männer ihn gar nicht ertragen würden; an die Geburt, die mit der Besteigung von Achttausendern verglichen wird, Hebammen sollen sich zu zweit auf den Bauch der Gebärenden wälzen, um das Kind hinauszudrücken, das hinauswill, aber offenbar – kein Wunder – nur schwer kann; das Aufklaffen der Öffnung, dem Ursprung allen Unheils, die ungeheure Dehnung, Fleisch, in das man mehrere Zentimeter weit hineinschneiden kann, ohne daß die Gebärende es nur bemerkt während der ungeheuren Schmerzen der Geburt, und schließlich das Hinausglitschen eines schleimigen, blutigen Bündels mit von der Enge seines ersten Weges verformtem Kopf, verklebten Augen, Schmiere am Leib, dieses erbarmungswürdige Geschöpf, das dann an den Füßen, Kopf nach unten, hoch in die Luft gehalten wird, auf daß es schreie und lebe. Ich schließe die Augen. Wieder überrollt mich eine Welle des Triumphs. Bio-negativ nennt Benn die Dichter. Ich nicht! Ich nicht! Als ich die Augen wieder öffne, ist der Himmel über mir bewölkt. Ein leichter Wind zieht auf. Ich stemme mich so schwerfällig aus dem Liegestuhl, als hätte ich bereits den Leib einer Hochschwangeren. Um diese Terrasse, denke ich, muß ein Geländer angebracht werden. Direkt hinter den Marmortisch kommt der Sandkasten hin, und oben am Kirschbaum hängen wir die Schaukel auf. Dann erwache ich aus der Trance.

Ich betrat das Arbeitszimmer des Vaters meines Kindes. Ich weiß, ich stellte es ziemlich ungeschickt an.

»Ich habe einen Schwangerschaftstest gemacht«, sagte ich in das Schreibmaschinengeklapper hinein, »ein blauer Balken bedeutet negativ, zwei blaue Balken positiv.« Ich hielt ihm den Teststreifen hin.

»Glaubst du, daß ich jetzt schwanger bin?«

Mein Lebensgefährte schob einen Stapel Manuskripte beiseite.

»Schwangerer geht es nicht«, sagte er, nachdem er einen Blick auf den Streifen geworfen hatte. Ich heulte.

Kurze Zeit später saßen wir nebeneinander auf der Hauptterrasse und starrten übers Land. Mein Lebensgefährte hatte für sich eine Flasche Spumante geöffnet, mir hatte er Birnensaft auf die Terrasse gebracht. Ich rechnete mit Hilfe meines Kalender-Tagebuchs nach, in der wievielten Woche ich sein könnte. Vor dreizehn Wochen hatte ich die letzte Regel gehabt, nichts Ungewöhnliches bei meinem unberechenbaren Zyklus.

»Es könnte«, sagte ich, »während des Bachmannwettbewerbs Ende Juni passiert sein.«

»Das heißt«, sagte mein Lebensgefährte, »schlimmstenfalls könntest du am Beginn des vierten Monats sein.«

Dann starrten wir wieder lange schweigend ins Land. Aus den Tälern hinter uns kam Gewitterrollen. Plötzlich lächelte er. »Ich hab mir gerade vorgestellt«, sagte er, »wie das Kind durch unseren Weinberg purzelt.«

Wahrscheinlich donnerte es in dem Moment genau über uns. Wir liefen Hand in Hand ins Haus und ließen, nebeneinander auf dem Bett liegend, eines dieser südlichen Gewitter über uns ergehen, während derer das Haus zittert unter dem Wind, die Dachziegel unter dem Aufprall der dicken Regentropfen verrutschen, die irgendwo in der Überlandleitung einschlagenden Blitze als Feuerstrahl aus unserer Steckdose schießen, der Knall des Donners mitten in den Leib trifft.

Dann packte ich meine Koffer.

Der Apotheker

Luigi Agostini ging auf die Sechzig zu. Was er selbst nicht so richtig verstehen konnte, denn er fühlte sich immer noch manchmal wie der dickliche Junge im Matrosenanzug, der jeden Sonntag mit seiner Mutter zur Kirche gegangen war. Er war inzwischen längst nicht mehr dick, sondern schlank, fast hager, und zur Kirche ging er auch seit Ewigkeiten nicht mehr. Luigi war Atheist. Und Anarchist. Zumindest sagte er das zu Enzo, mit dem er jeden Abend nach zehn Uhr im Hinterzimmer von Ginas Bar Karten spielte. Enzo war zwanzig Jahre jünger als Luigi und Musiklehrer in Rom. Luigi beneidete Enzo um seine täglichen Romfahrten.

»Du verkommst wenigstens nicht hier, so wie ich in meiner Apotheke«, sagte er zu Enzo, der abwinkte. Enzo hielt nichts vom Großstadtleben. Er fuhr jeden Tag mit seinem alten Fiat 500 zum nächstgelegenen größeren Ort, parkte dort den Wagen wie die meisten anderen Rom-Pendler auch, fuhr mit dem Zug nach Rom und anschließend mit der U-Bahn zum Gymnasium Santa Lucia, das er sofort nach getaner Arbeit, meist gegen zwei Uhr, wieder verließ, um schnurstracks zurück in seinen Heimatort zu fahren, wo er bei seinen Eltern lebte. »Gott sei Dank leben sie noch«, sagte er oft und klopfte auf einen von Ginas Holztischen.

Luigi lebte schon lange allein in seinem Apartment im Neubaublock am Rande des Ortes, von dessen Balkon aus er auf die großartige Silhouette der Sabinerberge sah und, wenn er sich über die Balkonbrüstung beugte, auf die Müllkippe steil unter dem Neubaublock. Seine Mutter war vor fünf Jahren gestorben. Der Vater lebte zwar noch, aber Luigi verband nichts mit dem alten Mann, der jeden Tag in seinen Weinberg stieg, um sich dort oben auf die Bank vor dem Geräteschuppen zu setzen und Tag für Tag ins Tal hinunterzustarren. Luigis Bruder Settimio bestellte seit mehr als zwanzig Jahren das Land allein. Luigi verstand sich auch mit Settimio nicht besonders.

»Er ist ein Bauer«, sagte er zu Enzo beim Kartenspielen, »er weiß nichts, was man verallgemeinern könnte.« Enzo zuckte die Schultern. Er half seiner Familie gerne am Wochenende im Weinberg. Wenn er nicht Gitarre übte. Enzo spielte als ältestes Mitglied in der Rockband des Ortes mit. Luigi beneidete ihn auch darum. »Du führst ein rundherum ausgefülltes Leben«, sagte er zu Enzo, »während ich Tag für Tag nichts als meine Schwangerschaftstests verkaufe.«

Luigi hatte die Apotheke, die er von seinem Onkel geerbt hatte, nachdem er als einziger in der Familie bereit gewesen war, Pharmazie zu studieren, ganz auf den Verkauf von Schwangerschaftstests eingestellt.

»Die Bauern hier brauchen keine Medizin«, pflegte er zu Enzo zu sagen, »sie sind entweder gesund, oder sie sterben gleich. Was hier gebraucht wird, sind ausschließlich Schwangerschaftstests.« Dabei seufzte er. Während seines Studiums hatte er davon geträumt, später eine gutsortierte Apotheke zu führen mit Mitteln gegen Asthma, Koliken und Krämpfe, gegen Depressionen und Schizophrenie, gegen Magengeschwüre und Darmverschluß, gegen Blutvergiftung und Schlangenbiß. Und ein Giftschränkchen hatte er haben wollen mit Morphium und Opiaten. Aber es war ja alles sinnlos hier. Bekam einer keine Luft, klopfte man ihm so lange auf den Rücken, bis er wieder atmete. Koliken wurden mit Umschlägen von Brennesselbrei behandelt, Magengeschwüre mit Huflattich, Darmverschluß mit einem Gläschen Olivenöl. Depressiv war niemand. Die zwei, drei vermutlich Schizophrenen des Ortes ließ man einfach herumlaufen, und wurde jemand doch einmal von einer Giftschlange gebissen, was aber so gut wie nie vorkam, dann saugte derjenige die Wunde zuerst aus und schnitt dann mit seinem Taschenmesser ein Stück Fleisch rundherum weg. Niemand wäre deshalb zu ihm gekommen. Nur die schwangeren Frauen kamen mit ihren Bäuchen wie überreife Granatäpfel, die, erntet man sie nicht rechtzeitig, aufplatzen, worauf glitschige Kerne aus ihrem Inneren quellen. Sie verlangten nach Askorbinsäure, Kalzium und einem Mittel gegen Sodbrennen.

Enzo, ein rundlicher Phlegmatiker mit dichtem schwarzem Schnurrbart, hob beschwörend die Hand. »Luigi«, sagte er, »ohne die schwangeren Frauen säßen wir beide heute nicht hier, um Karten zu spielen und zu plaudern. Vergiß das nie.« Luigi hörte gar nicht zu. Er hatte ein gutes Blatt in der Hand, aber auch das beachtete er kaum. Eigentlich benützte er das Kartenspiel nur, um unauffällig alles sagen zu können, was ihm so durch den Kopf ging.

»Komm mir nicht damit«, sagte er leidenschaftlich und beugte sich so weit vor, daß Enzo mühelos in seine Karten sehen konnte, »komm mir bitte nicht wieder damit.«

Enzo änderte aufgrund des Blicks in die Karten seines Gegenspielers die Taktik. Luigi hätte das auch dann nicht bemerkt, wenn ein weniger brisantes Thema zur Sprache gekommen wäre. Aber bei den schwangeren Frauen war er nicht mehr zu bremsen. Die Karten wie einen Fächer vors Gesicht haltend und sich damit Luft zufächelnd – im Hinterzimmer von Ginas Bar war es stets heiß –, hob er an zu einer seiner Tiraden über die Schwangeren, die täglich seine Apotheke besuchten.

»In ihrem Blick«, sagte er nicht eigentlich zu Enzo, der sich nun ganz auf seine neue Spieltaktik konzentrierte, sondern zu der weißen Wand hinter Enzo, an der Spielautomaten standen und rot, gelb, grün und blau aufblinkten, selbst wenn niemand an ihnen spielte, »in ihrem Blick ist nichts als Habgier, Machtgelüst und der Triumph, mit dem sie abends, nach dem Schwangerschaftstest, ihren Männern entgegentreten werden, die, erschöpft von der Arbeit, ausgepreßt von den maßlosen Wünschen der Frauen nach Geld und Ansehen, nach Hause kommen, blaß und hungrig, und nichts wollen als ein wenig Ruhe und Besinnung, ein bißchen Stille und Muße am Ende des Tages, und nun noch weiter an die Wand gedrückt werden sollen von ihren Matronen, die doch mit jedem Kind im aufgedunsenen Leib nichts anderes erpressen wollen als noch mehr Macht, noch mehr Geld, noch mehr Ansehen.«

Luigi lehnte sich erschöpft in seinem Stuhl zurück, Enzo legte aus und gewann das Spiel. Nachher, bei einem Glas Bier, vorne an Ginas Theke, sagte er: »Hast du selbst nie daran gedacht, eine Familie zu gründen, Frau und Kinder zu haben, Luigi?« Enzo sah träumerisch zum Hinterfenster links neben der Theke hinaus, auf das Gestrüpp hinter Ginas Bar. Luigi starrte ihn an. »Nein«, sagte er dann.

Später, als sie Arm in Arm die Hauptstraße des Ortes auf und ab promenierten, alle paar Sekunden nach links oder rechts hin grüßend, flüsterte er Enzo zu: »Die Frau von Settimio ist schon wieder schwanger. Mit 46 Jahren! Was sagst du nun?« Enzo sagte nichts, sondern lachte.

Als sie sich lange nach Mitternacht auf der Piazza Santa Margherita trennten, tätschelte Enzo den Arm seines Freundes. »Reg dich nicht auf, Luigi. Jede Arbeit hat ihre Schattenseite.« Dann ging jeder seiner Wege.

Eines Tages, es war Ende August, und die meisten Römer, die ihre Sommerfrische in dem kleinen Ort in den Bergen verbrachten, waren schon abgereist, betrat eine große blonde

Frau die Apotheke von Luigi. Er hatte sie noch nie vorher im Ort gesehen, was verwunderlich war, denn er kannte eigentlich jeden, der hier wohnte oder Urlaub machte. Die Frau war blaß und schön. Ihre Augen waren so dunkelblau, daß sie fast schwarz aussahen, was in merkwürdigem Gegensatz zu den blonden Haaren stand, die im Nacken zu einem lockeren Knoten gebunden waren. Sie schielte ein wenig, aber nicht nach innen, sondern nach außen. Das heißt, ihre Augen rutschten, wenn sie länger auf ein und denselben Gegenstand sah, zur Seite weg. Die Frau sah Luigi lange an, der verwirrt ihren Blick zu halten versuchte.

»Sie wünschen?« fragte er. Seine Stimme kam ihm belegt vor, weshalb er sich räusperte.

Die Frau, oder besser gesagt: die Dame, denn sie war sorgfältig, aber unauffällig geschminkt, ihre Nägel waren manikürt, und sie trug ein elegantes, eierschalenfarbenes Kleid aus teurem Stoff, der leicht und weich an ihren Hüften herabfiel, die Dame also sah ihn mit ein wenig zur Seite wegrutschenden dunkelblauen Augen an, was ihren Gesichtszügen, die ansonsten eher als streng zu bezeichnen gewesen wären, etwas Weibliches, Weiches, ja Besinnliches gab.

»Hm«, sagte die Dame, sonst nichts, sondern sah sich suchend in der Apotheke um, weshalb Luigi annahm, daß sie Ausländerin sei, die seine Sprache nicht beherrschte.

»Sie Dänin?« fragte er, denn seit der Juwelier des Ortes eine Dänin geheiratet hatte, tauchten jeden Sommer mehrere ihrer Landsleute in dem Ort auf – darunter bildschöne Frauen.

Die Frau zog die Augenbrauen hoch. Dann antwortete sie nicht nur in akzentfreiem Italienisch, sondern – wie ihm schien – auch ein wenig hochmütig: »Ich komme aus Florenz.«

Luigi schämte sich in Grund und Boden für das Primitivitalienisch, in dem er sie angesprochen hatte. »Verzeihen Sie, Signora«, stammelte er in seinem schönsten Hochitalienisch, »verzeihen Sie vielmals. Es verirren sich nicht viele Florentiner in unsere verlassene Gegend hier.«

Die Frau sah ihn nun eindeutig hochmütig und spöttisch an.

»Was heißt hier verlassen«, sagte sie, »es wimmelt ja nur so von römischen Touristen. Man kommt kaum zur Besinnung. Wenn nicht gerade ein Fest gefeiert und dabei ein Feuerwerk gezündet wird oder eine lautstarke Prozession durch den Ort zieht oder ein Lautsprecherwagen, dann schreien die Mütter ihre Kinder an oder die Kinder schreien andere Kinder an oder die Hunde jaulen oder die Kirchenglocken läuten.«

»Ich sehe«, sagte Luigi spontan, »Sie leiden wie ich unter dem Lärm, der Roheit und der Kirche.«

Die Dame schnaubte einmal kurz durch die Nase, was ihr für einen Augenblick den Ausdruck eines wütenden Nilpferdes gab. Aber dann verwandelte sie sich vor dem gebannten Blick des Apothekers sofort wieder in einen Schwan, eine Gazelle, einen kostbaren Vogel, der seine Schönheit wie eine Schleppe hinter sich herzog.

»Wenn ich nur ein Plätzchen wüßte«, sagte die Schöne, »einen Ort, wo ich in Ruhe nachdenken kann.«

Jedesmal, wenn die dunkelblaue Iris des rechten Auges so weit nach rechts gewandert war, daß ihr Blick mit dem aus der nach links wandernden Iris des linken Auges eine Art Weitwinkel bildete, der Luigi ganz umfaßte, kehrten sie zurück zum Ausgangspunkt, um dann wieder langsam wegzusacken. Dem Apotheker, der sich zwang, ihr in die Augen zu blicken, begann zu schwindeln. »Signora«, sagte er, ohne selbst zu verstehen, warum, »kommen Sie in den Weinberg meines Bruders, wenn Sie Ruhe suchen. Dort wird niemand Sie stören.«

In dem Augenblick sah er sie oben, in Settimios Land, auf dem Boden unter einer Weinrebe liegen und sich selbst über ihr, wie er eine Bahn ihres eierschalenfarbenen Kleides aufriß und wegriß, wie er …

Die Florentinerin lächelte. »Ich hätte gerne einen Schwangerschaftstest«, sagte sie, »aber bitte einen zuverlässigen.«

Luigi sah die Weinrebe abbrechen. Die Trauben klatschten auf den Boden und zerplatzten.

Eine Weile stand er da, ohne sich zu rühren.

»Sie sind im Grunde alle gleich«, sagte er dann, wandte sich um und griff nach dem erstbesten Test im Regal hinter sich: »Nehmen Sie den.« Er reichte ihr das Paket, ohne hinzuschauen. Aber die Dame gab sich damit nicht zufrieden. Sie wollte wissen, wie sie den Test auszuführen habe. »Come si fa, Signore?« Luigi spürte, wie ihm die Hitze in den Kopf stieg. Seit ihm der Pfarrer in der Kirche, damals, nachdem Luigi alle Meßdienergewänder durchprobiert hatte, plötzlich eine Hand auf die Wange gelegt und diese getätschelt hatte, war er nicht mehr rot geworden. »Oh«, sagte er, »es ist ganz einfach.« Er lehnte sich mit dem Unterkörper gegen den Tresen. »Sie nehmen den Teststreifen hier, dann gehen Sie … na ja, Sie gehen …« – er deutete mit dem Kopf in irgendeine Richtung – »wo Sie dann, also, so leid es mir tut, Sie müssen schon selbst … wenn Sie verstehen, was ich meine.«

Die Frau schüttelte den Kopf. Die Augen tanzten in verschiedene Richtungen. »Nein«, sagte sie.

Luigi stützte sich mit beiden Händen auf dem Tresen ab. Am liebsten hätte er die Augen geschlossen, aber das wagte er nicht, sondern blinzelte hinter halbgeschlossenen Lidern hervor. Die Haut der Frau vor ihm schimmerte wie Perlmutt, die runden Linien ihrer nackten Schultern blitzten hinter seinen Wimpern auf.

»Sie müssen«, hob der Apotheker erneut an, »mit dem Teststreifen in der Hand auf die, die ...« Er räusperte sich und murmelte dabei etwas Unverständliches. »Dort halten Sie den Streifen ... meine, meine ... unter den ...«

Die Frau drehte den Kopf zur Seite und stützte die linke Hand in die Hüfte. Mit abgewandtem Kopf schien der nunmehr gestützte, wohlproportionierte Körper noch stärker hervorzutreten, Luigi regelrecht entgegenzustreben, obwohl die Frau sich kaum bewegt hatte.

Luigi wurde übel. Kalter Schweiß bildete sich auf der Stirn und im Nacken. Die Beine drohten nachzugeben.

Er setzte sich auf seinen Apothekerstuhl in der rechten hinteren Ecke. Dort schloß er endlich die Augen und preßte sie zusammen, bis grüne Sonnen unter seinen Lidern herabfielen. In ihm stieg eine Welle der Trauer auf, der Wut und der Verzweiflung. Mühsam unterdrückte er ein Schluchzen. Aber schließlich brach es doch aus ihm hervor, ganz leise und in Form eines einzigen Wortes, das er der Dame flüsternd entgegenschleuderte: »Urin«, schluchzte er kurz auf, dann fing er sich sofort wieder.

Er öffnete die Augen, bereit, der Frau das Testsystem bis ins intimste Detail zu erläutern. Aber die Apotheke war leer. Nichts wies darauf hin, daß eine wie sie ihn aufgesucht hatte. An die Glasfront der Apotheke waren die Gesichter mehrerer Kinder gepreßt. Von der anderen Straßenseite winkte ihm Enzo zu, der sich, die Gitarre unter dem Arm, rasch in entgegengesetzter Richtung entfernte.

Der alte Mann

Der alte Mann ging den Hügel hoch zu seinem Weinberg, wie er es von jeher gemacht hatte. Früher war er täglich hochgegangen, um das Land zu bearbeiten, seit etwa zwanzig Jahren stieg er nur mehr hoch, um sich dort oben, am höchsten Punkt, genau vor dem Geräteschuppen, in den Schatten der Pergola, bestehend aus dem Weinstock der »Uva corna«, der »Gehörnten«, zu setzen und weit übers Land zu schauen. Dorthin, wo die Landschaft unter ihm sich zuerst noch wellte, dann glättete und schließlich flach streckte bis zum Meer hin, das sie wie mit Zehenspitzen zu berühren schien.

Sein Weg begann unten in der Via Garibaldi. Dort trat er, wie jeden Tag, um fünf Uhr früh aus dem Haus. Er trug Arbeitskleidung. In der Hosentasche hatte er das große Taschentuch mit den vier Knoten an den Enden, das er später als Schutz gegen die Sonne und den Schweiß benutzen würde. Um die Schulter trug er die Tasche, die er immer getragen hatte. Früher, um sie nach getaner Arbeit vollzufüllen mit allem, was seine Frau unten im Dorf in der Küche brauchte, nun schon seit langem, um sie sich jeden Mittag von seinem Sohn Settimio füllen zu lassen. Er kochte selbst, seit seine Frau vor neun Jahren bettlägerig geworden und dann vor fünf Jahren gestorben war.

Von seiner Haustür ging er die steile Via Garibaldi hoch, die in die Piazza San Roccho mündete, wo er seinen Freunden Pietro, Giovanni und Dante, die jeden Tag um die Zeit bereits auf ihren Bänken unter den Bäumen am Rande der Piazza saßen, zunickte. Pietro, Giovanni und Dante nickten zurück. Sie sprachen fast nie miteinander. Das letzte Mal hatten sie miteinander gesprochen, als seine Enkelin Maria Rosa – ausgerechnet Maria Rosa hatte Settimio seine einzige Tochter genannt – geheiratet hatte, und davor das letzte Mal beim Begräbnis seiner Frau. Und auch da hatten sie einander nur gefragt: »Wie geht's?« Und jeder hatte ungefähr so geantwortet: »Gut, danke, ja ja.«

Von der Piazza San Roccho bog er in die Straße zum Friedhof ein. Das heißt, eigentlich führte die Straße über den Friedhof hinaus auf einem Hügelkamm um den Ort herum bis zur Ausfallstraße nach Subiaco. Aber hinter dem Friedhof konnte man nicht mehr von einer Straße sprechen, dort war es vielmehr ein Sträßlein. Ein holpriges. Er war den Hügelkamm nicht mehr entlanggegangen, seit er auf diesem Weg Maria Rosa, der richtigen Maria Rosa, seiner Maria Rosa entgegengelaufen war.

In der letzten Kurve vor dem Friedhof blieb der alte Mann stehen. Er lehnte sich an das Eisengeländer, das dort angebracht worden war, nachdem einer der wilden Sechzehn- oder Siebzehnjährigen des Ortes mit seiner schnellen Maschine die Kurve nicht gekriegt hatte, und schaute übers Land. Es hatte sich viel verändert in den letzten Jahren. Links, wo immer ein Olivenhain gewesen war, stand jetzt der Wohnblock, den Nino für seine Familienmitglieder gebaut hatte – acht Familien wohnten dort, und beinahe aus jedem Fenster kam laute Radiomusik –, und rechts stand statt des Hühnerstalls von Lamberto die Garage des jungen Lehrers, der, aus welchen Gründen auch immer, hier sein Auto abstellte, obwohl er doch ganz unten im Ort wohnte. Weiter oben im Land schnitt der Sohn des Gemüsehändlers – es mußte ein Enkel des Sohnes des Gemüsehändlers sein, mit dem er zur Schule gegangen war – die Bäume mit einer Motorsäge.

Der alte Mann spürte, wie von dem Asphalt unter seinen Füßen bereits Wärme aufstieg. Er roch Kamille, Jasmin und

Basilikum. Selbst die Gräser und Sträucher und Gewürze dufteten hier unten weniger stark als in seinem Land oben.

Er ging weiter, die Friedhofsmauer entlang. Dahinter lagen fast alle seiner Freunde und die meisten der älteren Familienmitglieder, seit fünf Jahren seine Frau und seit langem schon Maria Rosa. Seit langem.

Hinter dem Friedhof verstummten die Geräusche des Ortes abrupt. Das Brummen der Automotoren, die schrillen Lautsprecherstimmen der ambulanten Früchteverkäufer, die Motorsägen und -sensen, das Hämmern und Klopfen und Schreien. Statt dessen war nur mehr das Zirpen der Grillen zu hören, das Zwitschern der Vögel, das Knirschen der eigenen Schritte auf dem Boden, das Rascheln der Blätter, das Säuseln des Windes im Gras, das Huschen, Flattern, Streichen, Tropfen, Knacken, Schleifen, Wischen und Trällern der Stille.

Der alte Mann setzte sein geknotetes Taschentuch auf den Kopf und ging schneller. Der Asphalt auf der Straße begann hier abzubröckeln, sich aufzulösen und wieder mit dem Lehmboden zu vermischen. Eine große grüne Eidechse sprang in den Graben neben der Straße, in dem das Wasser zu einem Sturzbach anschwoll, kaum daß es einmal regnete. Es hatte schon lange nicht mehr geregnet. Der alte Mann sah zum Himmel, zog ein wenig Luft durch die Nase und räusperte sich. Kann sein, daß in den nächsten Tagen endlich ein Gewitter niedergeht, dachte er. Er bog von der löchrigen Straße ab in einen schmalen Pfad, der eine ungemähte Wiese hinaufführte, die betäubend nach wilder Kamille roch.

Nun begann der letzte und steilste Abschnitt des Weges. Noch war die Aussicht verdeckt, und die ungepflegte Wiese ließ nicht auf bearbeitetes Land dahinter schließen. Niemand, der sich von hier näherte, konnte auch nur ahnen, was ihn erwartete, sobald er den Wiesenweg ganz erklommen hatte und in den kleinen Höhenweg einbog, der zwischen sorgfältig gepflegtem Wein, Obstbäumen, Oliven und mannshohem Mohn sanft anstieg zum allerhöchsten Punkt des Hügels, wo sich dann ringsum das Land ausbreitete wie ein kostbarer Teppich.

Der alte Mann erreichte den Höhenweg, blieb einen Augenblick stehen und atmete tief durch. Auch wenn er ihn weder sehen noch hören konnte, wußte er, daß Settimio an diesem Tag die Erde bei den Bohnen harken würde.

Gott sei Dank arbeitete Settimio leise. Er verwendete weder Motorsäge noch Motorsense, ja nicht einmal eine elektrische Wasserpumpe. Und er sang nie bei der Arbeit, wie es Lamberto, weiter unten auf dem Hügel, schon frühmorgens getan hatte, bis er eines Tages während der Weinernte umgefallen und gestorben war.

Der alte Mann stieg hoch bis zu seinem Geräteschuppen, nahm die Tragetasche ab, legte sie auf die Tonne, die vor dem Schuppen stand, nahm auch das Taschentuch ab, knotete es auf und breitete es auf der Bank aus, bevor er sich setzte.

92 Jahre war er alt. Nun, er hatte es nicht darauf angelegt, so alt zu werden. Ihm hätte es nichts ausgemacht, wenn schon damals, vor vierzig Jahren, alles ein Ende gehabt hätte und er gestorben wäre. Aber er hatte ja Frau und Kinder gehabt. Und die hätten ihn vermißt. Nicht nur im Herzen, dachte der alte Mann, sondern wirklich.

Er stand auf, trat unter die Pergola, pflückte eine der großen, gebogenen, hartschaligen Trauben und steckte sie in den Mund. Unter der knackigen Schale war sie schon ganz süß. Er knipste mit dem Daumen- und Zeigefingernagel eine Rebe ab. Dann packte er aus seiner Tragetasche ein Stück Brot, ein Stück Käse und das Taschenmesser mit dem Hirschhorngriff aus und schnitt Brot und Käse in mundgerechte Stücke. Er kaute zuerst lange an einem Stück Brot, dann an einem Stück Käse und dann an einer Traube. Es war ein diesiger Tag. Dort hinten am Horizont, wo er manchmal, an klaren Herbsttagen, den Silberstreifen des Meeres sehen konnte, verschwammen Himmel, Meer und Land zu einer grauen Masse. Auch weiter vorne bildeten die Hügel vor der Ebene, die oft bis in jede Fältelung hinein sichtbar dunkel dastanden, einen dunstigen Block. Der alte Mann hatte in den 92 Jahren seines Lebens noch keinen Tag erlebt, der einem anderen geglichen hätte. All die verschiedenen Licht-, Luft- und Feuchtigkeitsverhältnisse, Wolken, Wind, Sonneneinfall und Vegetation brachten jeden Tag eine neue Landschaft hervor. Als ob jemand ein riesiges Kaleidoskop aufgestellt hätte, das, dreht man es nur immer wieder aufs neue, durch unendliche Kompositionsmöglichkeiten von bunten Steinen unendlich viele bunte Bilder hervorbrächte.

Er seufzte. Es wird heute sehr heiß werden, dachte er. Sein Fuß schmerzte. Früher war, wenn sein Fuß geschmerzt hatte, ein Gewitter unmittelbar bevorgestanden. Aber nun tat ihm der Fuß seit längerer Zeit schon immer weh. Genauso wie sein Nacken, sein Rücken, die Finger und das Knie. Meistens war es ein stetiger, bohrender Schmerz. Nur manchmal wurde er plötzlich schrill und stechend, so daß er ein Seufzen unterdrücken mußte. Trotzdem begrüßte er die plötzlichen Schmerzen, da er sich dann auf jähe Art lebendiger fühlte als zuvor.

Der alte Mann sah jetzt seinen Sohn die Wiese unterhalb der Bohnen mähen. Obwohl Settimio zu weit weg war, meinte er doch, den leisen, zischenden Laut zu hören, wenn die Handsichel durch das Gras schneidet: schschsch... schschsch...

Er sah seinem Sohn gerne zu, wenn er mähte. Am Mähen

erkennt man den Bauern, dachte er. Wie leicht er die Sichel übers Gras streichen läßt, wie unangestrengt, fast willenlos, ohne jede Hast. So anders jedenfalls als Ernesto, der, wenn er schon einmal hochgekommen war ins Land, was allerdings, nachdem er Maria Rosa geheiratet hatte, so gut wie nie mehr vorgekommen war, wie ein Besessener und mit ganzer Wucht auf das Gras eingedroschen hatte.

Die Sichel in der Hand seines Sohnes blitzte für einen Augenblick in der Sonne auf und blendete ihn. Der alte Mann schloß die Augen. Schschsch ... schschsch ...

Ja, Maria Rosa war die Frau seines kleinen Bruders Ernesto gewesen. Ernestos, des um 25 Jahre jüngeren, des Nachzüglers und Lieblingssohnes des Vaters. Aber auch Ernestos, des tüchtigen Mechanikers, des Schönen und des Starken. Nein, Ernesto war nie ein Bauer gewesen. Schon als Junge war er nachmittags, in der größten Sommerhitze, nachdem er von fünf Uhr früh an dem Vater im Land geholfen hatte und dann zur Schule gegangen war, mit dem Fahrrad durch die Berge bis San Vito geradelt, um sich zu stärken für wer weiß was. Später fuhr er abends mit dem Motorrad eines seiner Kunden, einem Barkeeper im teuersten Hotel von Rom, durch die Straßen des Ortes. Er beugte sich ganz weit vor, um möglichst geringen Luftwiderstand zu bilden, ließ den Motor ein paarmal aufheulen und raste dann die Gassen und Straßen hoch, daß sich sein schwarzes Hemd ganz eng um seine muskulöse Brust legte und seine Haare im Wind flatterten. Er war damals der schönste Junge im Ort, und Maria Rosa war in jenem Sommer das schönste Mädchen. Sie kam aus Rom und machte bei einer Cousine Ferien. Deshalb brauchte sie keine Rücksicht auf die Blicke der anderen zu nehmen und konnte dem schönen Ernesto offen zulächeln. Ernesto nahm sie mit auf dem Motorrad. Der alte Mann war damals noch kein alter Mann, aber er war doch schon knapp über fünfzig. Alle kannten ihn als »Gino den Stillen«.

Eines Tages erwischte er die beiden im Wein. Das heißt, nicht direkt im Wein, sondern auf der Tonne neben dem Geräteschuppen. Er war am späten Nachmittag noch einmal in sein Land hochgestiegen. Ein Gewitter stand unmittelbar bevor, und er wollte die Feigen, die auf dem flachen Dach des Geräteschuppens zum Trocknen lagen, vor dem Regen in Sicherheit bringen.

Maria Rosa saß auf der Tonne, vor der Ernesto, mit dem Rücken zu ihm, splitternackt und leicht in die Knie geknickt stand. Maria Rosa hatte ihre langen braunen Beine um Ernestos Rücken geschlungen. Ihr Kopf war auf seiner Schulter abgestützt. Sie sah Gino aus weit aufgerissenen schwarzen Augen an. Gino, der nicht einmal gewußt hatte, daß man es auf diese Weise überhaupt tun kann, starrte auf ihre Beine. Dann drehte er sich, ohne ein Wort zu sagen, um und lief den Hügel wieder hinunter.

Am Abend darauf erzählte er es dem Vater. Er wußte selbst nicht, warum. Der Vater rief Ernesto zu sich in die Stube. Die anderen schickte er hinaus. Als Ernesto aus der Stube kam, ging er los, um Maria Rosa zu fragen, ob sie ihn heiraten wollte. Spät am Abend kam er mit der Nachricht nach Hause, Maria Rosa habe ihm ihr Jawort gegeben.

Gino, der sich in dem Moment, als er die beiden auf der Tonne erwischt hatte, zum erstenmal in seinem Leben alt gefühlt hatte, ging seiner Arbeit nach wie immer. Er kümmerte sich im folgenden weder um Ernestos noch um Maria Rosas Belange. Irgendwann hörte er von irgendwem, daß Maria Rosa ein Kind von Ernesto erwartete, irgendwann war die Hochzeit, und irgendwann hörte er wieder von irgendwem, daß Maria Rosa doch nicht schwanger sei. Gino grub die

Erde um, säte, goß die Pflanzen, band sie hoch, pflückte und erntete. Die langen braunen Beine Maria Rosas aber gingen ihm nicht mehr aus dem Kopf. Eine Zeitlang dachte er noch, er werde sie irgendwann einmal vergessen. Aber er vergaß nichts. Im Gegenteil. Er sah ihre um den Leib des um so viel jüngeren Bruders geschlungenen Beine mit der Zeit nicht mehr nur morgens, wenn er vor dem Geräteschuppen ankam und seine Tragetasche auf der Tonne abstellte, sondern auch nachts in seinen Träumen. Er fand dieses Verschlungene wieder in den Weinreben, die sich um den Draht wanden, um die er sie band, sah es in den sich kringelnden Sprossen der Erbsen und Bohnen, ja selbst im Geflecht des einzigen Korbstuhls im Schuppen fand er es wieder.

Eines Sonntags, in der Bar von Gina, als er seinen Aperitif nahm und unvermutet Maria Rosa gegenüberstand, die gerade Eis kaufte, starrte er sie wieder an. Maria Rosa lächelte. Da wußte Gino plötzlich, daß sie ihn nicht umsonst in seinen Tagen und Nächten verfolgt hatte.

An diesem Abend ging er zum ersten- und letztenmal in seinem Leben spazieren. Er stieg die Straße zum Friedhof hoch, ging das holprige Sträßlein weiter, den Weg auf dem Hügelkamm entlang, bis er in die Ausfallstraße des Ortes mündete, die er dann in all ihren vielen heißen Asphaltkurven wieder hinunterging. Auf dem Höhenweg über dem Ort, auf die glänzenden Dächer und die blumengeschmückten Terrassen hinabblickend, versuchte er, sich gegen das, was ihn antrieb, zu wehren. Als er die Asphaltstraße zum Ort zurückging, wußte er, daß es sinnlos war. Der Mensch, dachte er, ist nicht dazu auf der Welt, sich dem zu widersetzen, was ihm bestimmt ist. Denn es gibt einen Sinn in allem.

Maria Rosa dachte wie er. Ihr Verdacht, damals im Weinberg von Ernesto schwanger geworden zu sein, hatte sich nicht bestätigt. Nun war sie verheiratet und wollte nicht mit Ernesto als letztem Mann in ihrem Leben in einem Bergnest versauern. Deshalb ging auch ihr der braungebrannte Bauer mit dem geknoteten Taschentuch auf dem Kopf und den wasserblauen Augen nicht aus dem Sinn. Außerdem ahnte sie seine Sanftheit sofort. Dieser Mann würde niemals wie Ernesto über sie herfallen und sich nehmen, was er wollte. Er würde ihr entlocken, was sie zu geben imstande war. Und Maria Rosa spürte vage, daß er ihr vielleicht sogar mehr entlocken würde, als in ihr war.

Gino suchte sie eines Morgens, als Ernesto bereits bei der Arbeit war, in ihrer Wohnung auf. Er sah sie zum drittenmal lange und starr an, dann umarmte er sie. Und diese Umarmung war wie ein Versprechen für Maria Rosa. Ihre Körper berührten einander kaum. Wie die Flügelspitzen zweier seltener Vögel, dachte Maria Rosa. Einen Augenblick war es ihr, als müßte sie hellauf lachen, dann war ihr zum Weinen. »Du Lieber«, sagte sie nur immer wieder, »du Lieber.« Obwohl Gino nichts tat als, seine Arme um ihren Körper geschlungen, dazustehen und sich nicht zu rühren, war ihr, als ginge eine große Bewegung durch seinen Leib.

»Nicht hier«, sagte er nach einer Weile und machte ihre Arme von seinem Hals los. Sie sah ihm aus dem Dunkel der Wohnung nach, wie er die bunten Plastikschnüre vor der Haustür zur Seite schob und hinaustrat ins grelle Licht.

Nach einer halben Stunde folgte sie ihm. Aber nicht auf dem direkten Weg über den Friedhof, sondern hintenherum, über die Ausfallstraße und den Weg auf dem Hügelkamm. Auf der Hälfte des Weges kam er ihr entgegen, als hätten sie es abgesprochen. Schweigend begleitete er sie den staubigen Lehmweg entlang, über die nach wilder Kamille riechende ungemähte Wiese, über den Höhenweg zwischen Wein,

Obst, Oliven und Mohn bis zur Tonne vor seinem Geräteschuppen.

Von da an kam sie jeden Tag. Er sah sie an, konnte sich nicht satt sehen. Streichelte sie, konnte sich nicht satt streicheln. Liebte sie, konnte sich nicht satt lieben. Jeden Tag begehrte er sie noch mehr. Jede ihrer Bewegungen wurde eins mit der seinen, ihr Körper ging ein in sein Land und ihre Sprache in die Geräusche des Landes. Ihr Mund, ihre Augen, ihre Wangen, ihr Hals, ihre Schultern, ihre Knie, alles wurde Teil des Himmels, der Wolken, des Grases, und dort, wo ihr ausgestreckter Fuß, von der Tonne hinabgleitend, den Boden berührte, stieß er, von ihm aus gesehen, mit perlmuttfarbenen Zehennägeln ans Meer. Maria Rosa hatte lange schwarze Haare, durch die sah Gino die Ebene liegen wie hinter einem Bambusrouleau. Und immer neu ordnete das Kaleidoskop seine bunten Steine.

Es heißt, jede noch so tiefe Begierde verlischt nach zwei Jahren. Ginos Liebe dauerte nicht so lange. Maria Rosa wurde schwanger. Und sie war zu jung. Sie hatte nicht die Kraft, ihre Ehe aufrechtzuerhalten, damit nun alles seinen Lauf nehmen konnte. Sie verweigerte sich ihrem jungen Ehemann, nachdem sie die Schwangerschaft festgestellt hatte, so wie sie sich ihm schon vorher in all den Monaten mit Gino verweigert hatte. Sie wollte aber auch nicht nach Rom zurückkehren. Und sie wollte das Kind nicht allein aufziehen. Alles erschien ihr hoffnungslos.

Gino bearbeitete weiter das Land, ackerte und pflügte und grub die Erde um, säte, band auf, was wuchs, und pflückte und erntete, begoß die Pflanzen, deren unstillbaren Durst niemand je löschen kann, und trug abends Obst und Gemüse in der Tragetasche, die er um die linke Schulter trug, hinunter ins Dorf zu seiner Frau, damit sie es verarbeite und die ihren ernähre.

Kurz vor ihrem kindlichen Tod – sie hatte 35 Schlaftabletten genommen – war Maria Rosa noch einmal zu Gino ins Land gekommen. Da wölbte sich bereits ihr Bauch, da hatte sie schon Schatten unter den Augen, die Haut war stumpf, da wußte Ernesto schon alles, und Luigi hatte bereits den Kopf geschüttelt, weil man nicht früher zu ihm gekommen war, er hätte in seiner Apotheke Mittel gehabt und Wege gekannt; wahrscheinlich wußte zu diesem Zeitpunkt schon jeder im Dorf Bescheid, und es hätte nur Mut gebraucht und etwas Erfahrung, und sie hätte überlebt; als sie also zum letztenmal vor ihrem Tod in sein Land kam, so bleich und schon ganz aufgezehrt von dem Kind oder dem Schmerz oder der Angst, da war sie so gläsern, und ihre Haare waren strähnig und ihre Füße auf der Sohle schwarz, und ihre Hand zitterte, als sie ihn zu sich herunterzog.

Zwei Tage später hatte sie es dann getan. Er aber lebte weiter und weiter und arbeitete und lebte und saß auf der Bank vor seinem Geräteschuppen und sah übers Land, das zuerst wellig war, sich dehnte und glättete und sich schließlich flach ausstreckte bis zum Meer hin. Und darüber zogen die Wolken, schien die Sonne, fiel der Regen.

Gina

Ich kann nicht klagen. Alles läuft so, wie ich es mir immer gewünscht habe. Ich habe die bestgehende Bar im Ort. Seien wir ehrlich, die beiden anderen Bars zählen nicht neben der meinen. *Alles* kommt doch Freitag, Samstag abends zu mir und auch sonntags und an den Feiertagen. Schauen Sie doch mal, wer sein Eis wo kauft: Alle kaufen es bei mir! – Ciao,

Nino, hast du Gino schon getroffen, wegen der Kohlen? – Auch die Kinder kaufen bei mir ihre Chips und ihr Cola und was sie halt sonst noch brauchen. Ich habe die größte Auswahl an Kaugummis. Na ja, und in der Früh: Franca trinkt ihren Cappuccino bei mir, bevor sie ins Amt geht, Paolo trinkt ihn bei mir, bevor er die Post aufsperrt, und auch Franco, der Polizist. Sonntags treffen Sie hier alle wichtigen Leute des Ortes: den Geometer, den Notar, den Arzt und natürlich den Bürgermeister. Jeden Sonntag! Die trinken hier Kaffee, bevor sie in die Kirche gehen, oder sie kommen direkt nach der Kirche und nehmen ihren Aperitif bei mir, oder sie kommen mit ihren Frauen am späten Nachmittag zum Eisessen, oder sie kommen spätestens abends und besprechen wichtige Dinge bei einem Glas Bier. So ist das! Niemand würde zu Umberto gehen in so einem Fall. Das wäre unmöglich. Bei Umberto lungern ja sogar die aus San Vito herum. Kein Bürgermeister kann sich dort sehen lassen. Im Grunde auch in der Bar in San Roccho oben nicht. Gut, so ein Bürgermeister kann Sonntag vormittag, wenn er aus der Kirche kommt, schon mal dort seinen Kaffee trinken, die Bar liegt ja genau der Kirche gegenüber, er kann auch mal ein Eis dort rausholen, aber mehr auch nicht. Schließlich sitzen die alten Säufer dort. Wo wäre da Platz? Und welcher Bürgermeister will schon von Othello ein Glas Wein aufgedrängt bekommen oder Dante hinter sich wissen, der immer, wenn jemand etwas sagt, hinter dessen Rücken mißbilligend den Kopf schüttelt? Auch die Bar unten bei der Busstation kann es nicht mit der meinen aufnehmen. Obwohl sie die beste Lage hat von allen. Oder gerade deshalb. Denn wer kommt nicht alles und wer fährt nicht alles weg mit so einem Bus? Na eben. Meine Gäste fahren mit dem Auto. Damit wir uns nicht mißverstehen: Ich war viele Jahre lang in der Kommunistischen Partei, ich habe nichts gegen – Ciao, Bruno, vergiß bitte nicht, Maria Rosa zu sagen, daß sie heute nachmittag um vier Uhr bei Vincenzo sein soll. Nein, warum weiß ich auch nicht – also, was ich sagen wollte, ist: Die Kundschaft muß freiwillig kommen. Ich meine, das beste für eine Bar ist, wenn sie günstig liegt, aber nicht so günstig, daß man in die Bar gehen *muß*. Wie zum Beispiel unten bei der Bushaltestelle. Jeder, der eine Viertelstunde auf den Bus warten muß, geht in die Bar. Das ist schlecht. In eine Bar muß man gehen, weil man Lust auf gerade *diese* Bar hat. Nur das macht die Stammkundschaft, sage ich immer. Und außerdem: So behält man als Chef den Überblick. Natürlich bin ich heute nicht mehr in der Kommunistischen Partei. Nein, das hat keine Wer-weiß-was-für-Gründe. Ich bin immer auf der Seite der Unterdrückten gewesen – Chiara, gut daß ich dich sehe. Alessandra sucht dich seit einer halben Stunde. Sie ist jetzt zu Luigi gegangen, weil Enzo nicht gekommen ist –, Pepino war ja nie Kommunist. Mein Gott, was haben wir immer mit ihm diskutiert damals, Sophia, Theo und ich ... Na ja, jedenfalls, ich habe zwei Kinder, einen Jungen und ein Mädchen, wieso sollte ich da klagen? Das Mädchen ist ein bißchen zu dick, aber das wird sich schon ändern. Sie hat halt hier in der Bar immer die Chips vor Augen und die Cornetti. Meine Cornetti sind im ganzen Ort bekannt. Immer weich und frisch, und wer sie warm will, dem schiebe ich sie auch mittags noch mal schnell in die Mikrowelle hinein. Na ja, da hat das Kind halt immer wieder genascht: Eis, Schokolade, ist ja alles da, steht rum, und sie als Tochter der Besitzerin. Da nascht man halt. Der Junge hat bloß eine andere Verbrennung. Der ißt genausoviel wie sie. Ich weiß auch nicht, wo der das ganze Essen läßt. Vielleicht beim Fahrradfahren oder beim Fußballspielen. Ist immer unterwegs, der Filippo, ganz der Vater.

Selbst ich weiß oft nicht, wo er ist. – Auguri, Franco. Es ist ein Mädchen, oder? Sag Ornella, daß ich morgen Vittòria vorbeischicke. Auguri, auguri – Aber schauen Sie mich an: zwanzig Kilo in vier Monaten abgenommen! Na ja, mir ist es genauso gegangen. Tag für Tag in der Bar! Man trinkt hier einen Schluck Cola, dort einen Schluck Fanta. Ißt hier einen Happen, dort einen … Ja, Pepino ist auch schlank wie Filippo. Ich weiß nicht, wie die Männer das machen. Wie gesagt, die müssen anders verbrennen; und immer unterwegs. Ja, Pepino muß die Wege machen. Die Einkäufe, die Bestellungen, die Besorgungen. Er muß oft nach Rom, das gehört dazu. Eine Bar zu führen, heißt ja nicht nur, hinter dem Tresen zu stehen. Das ist das wenigste. Es muß ja alles registriert, überlegt, bestellt, besorgt, portioniert und abgerechnet werden. Da vergnügt er sich nicht groß in Rom. Glauben Sie mir, nach so einem anstrengenden Einkauf ist er froh, wenn er die Füße hochlegen kann, da denkt er nicht auch noch an … – Federico, ich hab dir gesagt, du sollst Pepino hinten im Garten helfen! – Heute bei dem Wetter ist doch alles unterwegs. Ich stehe hier im Halbdunkel, klar, daß hier nicht viel los ist. An sonnigen Frühsommertagen sind alle hinten bei Pepino. Aber Sie sollten mal sehen, wie es hier im Hochsommer zugeht oder wenn es regnet oder Sonntag nachmittags vor der Eisbar … Manchmal bin ich schweißgebadet von der Arbeit – Lino, zwei Bier nach hinten in den Kartenraum! – Alles meine Cousins, die Jungs. Lino, Francesco, Federico. Im Hochsommer stelle ich zusätzlich noch zwei ein, wegen der römischen Touristen. Es sind brave Jungs, die sich ein bißchen Taschengeld verdienen wollen. Lino zum Beispiel geht noch zur Schule. Er will unbedingt ein Motorino. Soll er haben, hat sein Vater gesagt, aber dann soll er es auch selbst verdienen. Na, und zu wem kommt Lino dann? Zu Gina, der alten Kommunistin. Gina stellt eben jeden ein, der's nötig hat. Jeden, der ein braver Junge ist. Natürlich muß ich die Jungs kennen. Verwandte, gute Freunde, wo man weiß, daß alles in sicheren Händen ist. Es geht nicht nur ums Geld, es geht auch um die Ausstrahlung. Wissen Sie, jede Bar hat ihre Ausstrahlung. Die liegt nicht nur an einer einzigen Person. Sehen Sie, ich kann hier jeden kennen und alles allen recht machen, und die Bar kann trotzdem mies laufen, wenn sie nicht die richtige Ausstrahlung hat. Die liegt an der Gesamtheit der Verhältnisse. Die richtigen Jungs zur Bedienung; Pepino gehört dazu; Vittòria und Filippo. Es gehört auch dazu, daß jeder weiß, daß ich meine Pflichten als Mutter nicht vernachlässige, nur weil ich in der Bar arbeite. Nein, lachen Sie nicht. Ich hab Ihnen gesagt, ich war jahrelang Kommunistin, ich meine das durchaus fortschrittlich. Vom Standpunkt der Ehrlichkeit her. Denn sehen Sie: Niemand hat mich gezwungen, Pepino zu heiraten und zwei Kinder von ihm zu bekommen. Ich hätte genausogut allein bleiben können oder mit ihm nur so zusammenleben wie Sophia mit Theo, oder einfach gar keine Kinder bekommen. Ja, ja, da staunen Sie. Italien wird immer für wer weiß wie rückständig gehalten, was diese Dinge angeht. Ist es aber nicht. Kein bißchen! Was glauben Sie, wie wir uns wundern, wenn Ihre deutschen Landsleute hier mit drei oder fünf Kindern ankommen. Wie Gero oder Anna Maria. Drei oder fünf Kinder haben bei uns nur mehr die Bauern. Wenn ich keine Kinder gewollt hätte, dann hätte ich auch keine bekommen, das können Sie mir glauben. Ich wollte aber! Ich habe Pepino geheiratet, und ich wollte diese Kinder von ihm. Natürlich ist es anstrengend. Natürlich würde ich auch lieber ohne Schwiegermutter im Haus leben. Aber mein Gott, ich bin kein Kind mehr wie damals, als ich in die Partei eingetreten bin. Man weiß doch, um Gottes willen, mit den

Jahren, daß alles seinen Preis hat. Natürlich haben damals alle gesagt: Ausgerechnet den schönen Pepino heiratet sie. Ob das mal gutgeht. Ob das mal gutgeht. Na, sollen sie reden, sollen sie sich doch den Mund zerreißen. Pepino macht schließlich die Einkäufe in Rom, und ich kann Ihnen sagen: In so einem Metromarkt Kisten mit Getränken zu schleppen ist kein Vergnügen! Da, sehen Sie, mein Hochzeitsbild! Da war ich noch schlanker als jetzt. Süß nicht? Na ja, mit achtzehn. – Carina, wie geht es dir? Und da ist ja das Engelchen. Na, möchtest du ein Eis von Tante Gina? Ja? Schokolade und Vanille? Lecker! Das hab ich auch immer am liebsten gegessen. Und du, Carina? ... Lino, zweimal Eis hier ... – Wir haben im Mai geheiratet. Sehen Sie die Maiglöckchen? Ich hatte auch einen Kranz aus Maiglöckchen, den sieht man leider nicht auf dem Foto. Schauen Sie, das bin ich vor der Heirat. Ein Strich! Theo hat immer gesagt: Furchtbar, wie die Twiggy. Na ja, da braucht man ja nur die Sophia anzuschauen, dann weiß man, was dem Theo gefällt. Kennen Sie Theo und Sophia? Ja? Na, dann wissen Sie ja ... – Antonia, wie geht es Angelo? Immer noch so fleißig? Ein braver Junge, ja. Und was für ein Barkeeper! – Also, unter uns: Sophia soll sehr krank sein. Stimmt das? Sie wissen nichts? Na ja, ich sage immer zu Vittòria: Ein bißchen zu dick sein, das schadet nichts. Abnehmen kann man immer. Aber gesund sein, das ist das Wichtigste. Pepino arbeitet zuviel. Manchmal ist er ganz blaß, wenn er abends heimkommt. Wenn ich ihn überhaupt mal kurz sehe. Er übernimmt ja ab acht Uhr die Bar. Aber was er da vorher schon alles getan hat! Frühmorgens die Arbeit im Land, der Wein, die Oliven. Haben Sie gesehen, die neue Bar hinten im Garten, das rustikale Holzhäuschen? Hat Pepino alles selbst gebaut. Jetzt haben wir noch das Kellergewölbe dazugekauft, vielleicht machen wir eine Pizzeria dort unten auf. Wer weiß. Wenn wir noch ein paar brave, kräftige Jungs finden ... Er hat Ringe unter den Augen. Schon lange. Manchmal mache ich mir richtig Sorgen. »Wir haben Pepino in Trastevere gesehen«, »Wir haben Pepino in Cinecittà gesehen«, »Wir haben Pepino in Fiuggi gesehen«. Wir haben ihn hier gesehen, wir haben ihn dort gesehen, alle reden irgendwas daher, jeder will ihn gesehen haben, wenn er mal fortgefahren ist. Überall Pepino. Ist doch gar nicht möglich. Das kann ein einzelner Mann doch gar nicht schaffen. Überall zugleich. Wissen Sie was? Manchmal, wenn er abends noch eine Kiste Mineralwasser oder Bier aus dem Keller geholt hat und ihm der Schweiß auf der Stirn steht, und wenn dann sein weißes Hemd bis zum Bauch offensteht, weil er schwitzt, und das goldene Kreuz auf seiner Brust blinkt, und wenn er so schmal ausschaut wegen dem Dreitagebart, und wenn er sich dann eine seiner graumelierten Haarsträhnen aus der Stirn streicht, sich am Tresen abstützt und sich eine Zigarette in den Mundwinkel schiebt, dann denke ich, er hätte zum Film gehen müssen. Die suchen doch solche Typen. Pepino sieht doch viel besser aus als Marcello Mastroianni. Finden Sie nicht? – Guten Abend, Luigi, die Apotheke schon geschlossen heute? Oh, Aspirin wie immer. Vielen Dank, Luigi. Lino, mach für Luigi einen caffè corretto, geht auf Rechnung des Hauses – Haben Sie schon gehört, daß sich Sophia und Theo getrennt haben sollen? Furchtbar. Wo sie doch so lange zusammen waren. O ja, das ist traurig. Werden sie jetzt das Haus verkaufen? Ah, er hat es ihr überlassen? Nicht überlassen? Sie geht einfach nicht raus? Tttttt, nach so vielen Jahren. Und Theo? Hat sich was anderes gesucht? Hat er eine andere Frau? Ja? Wie sieht sie aus? Mollig? Ja, das glaub ich. Und Sophia pendelt zwischen Rom und hier? Hat außerdem eine Wohnung in Trastevere? Sagen Sie, glauben Sie an die Ehe?

Also ich schon. Für mich persönlich ist das eine Sache der Solidarität, verstehen Sie? Ich lasse meine Genossen ja auch nicht im Stich, nur weil ich keine Lust mehr habe. Solidarität und Freiheit. Ich zum Beispiel nehme mir die Freiheit und fahre jedes Jahr ohne Ehemann mit den Kindern nach Alàssio. Es ist schon allein wegen der Bar. Wir können sie ja nicht einfach mitten im Sommer für drei Wochen schließen. Pepino muß dableiben. Meistens fahre ich mit der Familie meiner Schwägerin. Aber ich bin auch schon alleine mit den Kindern und der Schwiegermutter gefahren. Herrlich! Ich lege mich den ganzen Tag in die Sonne, und abends spazieren wir alle zusammen die Strandpromenade entlang, essen irgendwo Erdbeeren mit Schlagsahne. Endlich mal nicht um fünf Uhr früh aufstehen. Wir schlafen, so lange wir wollen, liegen herum, essen gut, trinken Wein, machen nur, was uns gefällt. Von Alàssio aus sieht man praktisch bis nach Nizza. Ich hab mir oft vorgestellt, wie all die berühmten Schauspieler dort abends am Kai sitzen, Coppa Cubana trinken und aufs schwarze Meer schauen und auf die weißen Schaumkronen der Wellen, draußen, bei den Sandbänken. Eines Tages sperren wir die Bar einfach zu, die Schwiegermutter bleibt bei den Kindern, und wir beide, nur Pepino und ich, wir fahren nach Nizza. Allein deshalb hab ich die zwanzig Kilo abgenommen. Ich wollte bereit sein, wissen Sie. Na ja, voriges Jahr mit den Kindern und der Schwiegermutter in Alàssio war es auch lustig. Die haben dort so Fahrräder, ich weiß nicht, ob Sie das kennen, mit zwei Sitzen nebeneinander und einem Baldachin darüber. Das war vielleicht komisch. Vittòria und Filippo sind mit einem Fahrrad gefahren, und die Schwiegermutter und ich mit dem anderen. Ich muß dazu sagen, daß die Schwiegermutter keinen Alkohol verträgt. Auch nicht verdünnt. Aber so macht man das nun mal in Alàssio zum Abendessen: Man trinkt Rotwein mit Mineralwasser verdünnt. Nur Kinder trinken dort Fanta. Jedenfalls sie verträgt nichts, und wir fahren mit dem Fahrrad. Sie kichert schon vorher die ganze Zeit, besteht aber darauf zu lenken. Na ja, was soll ich Ihnen sagen: Wir sind mitten im Wald gelandet. Lido di pineta, zwischen den Kiefern. Ich sage Ihnen, die Kinder haben sich von ihrem Fahrrad gerollt vor Lachen. Weil die Schwiegermutter bis zuletzt gelenkt hat, um nicht in einen Baum zu krachen, und dabei ist ihr der Rock bis über den Hintern gerutscht, und oben ist ihr der Busen aus der Bluse gehangen. Sie sah aus wie eine alte Hexe auf ihrem Besen, das kann ich Ihnen sagen ... nein, haben wir gelacht. Sophia soll beim Film arbeiten, stimmt das? In Cinecittà? Sie soll einen Fellini geschnitten haben. Ist das wahr? Und den Baron Münchhausen? Virgilio hat gesagt, beim letzten Fest der »Freunde der Archäologie Latiums« hat sie die Männer verrückt gemacht, so aufreizend hat sie getanzt. Der alte Nino in seinem Suff soll sich vor den Augen aller ausgezogen haben – Maria, meine Liebe, gerade habe ich an dich gedacht. Zurück aus Apulien? Wie geht es der Schwiegermutter? Immer noch krank? Und Pepe? Kommt nach? Aha, da bist du also ganz alleine. Mach nur keine Dummheiten, Carina – Maria ist eine Cousine dritten Grades. Ihr Mann ist ... na, Sie wissen schon. Angeblich muß er sich immer in Apulien um seine kranke Mutter kümmern, aber, na ja. Wissen Sie was? Eines Tages hab ich in den Spiegel geschaut, es war spätnachts, ich habe auf Pepino gewartet, aber der ist nicht gekommen, und plötzlich sehe ich eine dicke alte Frau vor mir. Ich habe mir gesagt: Gina, hab ich zu mir gesagt, du nimmst sofort ab. Und genau das habe ich getan. Sehen Sie: zwanzig Kilo in vier Monaten. Dann bin ich zum Friseur gegangen und ins Sonnenstudio. Nein, hier gibt es so was nicht, ich bin nach Fiuggi gefahren. Ist ja kein Problem mit dem Auto, eine halbe Stunde Fahrzeit, mehr nicht. Ich esse einfach nur mehr ein Viertel von dem, was ich vorher gegessen habe. Keine Fruchtsäfte mehr, nur Wasser, kein Fett, viel Salat und Gemüse, kaum Fleisch. Eine Freundin, die in Cinecittà putzt, hat mir gesagt, Sophia hat sich Locken machen lassen und die Haare blond gefärbt. Stimmt das? Lange blonde Locken? Steht ihr denn das? Meine Schwiegermutter sagt immer über die Fernsehansagerinnen: »Oben sind sie alle blond, aber unten?« Eine echte Blondine erkennt man nur an ihren Kindern, sage ich immer. Schauen Sie sich Vittòria und Filippo an, und Sie werden wissen, ob mein Blond echt ist oder nicht. Warum hat Sophia eigentlich nie Kinder gehabt? Wissen Sie auch nicht? Vielleicht kann sie keine kriegen. Ich meine, nicht jede Frau, die üppige Formen hat, ist auch ... Margherita, eine Cousine väterlicherseits, zum Beispiel hat genau das, was wir ein gebärfreudiges Becken nennen und – O Marcella, schon vom Urlaub zurück? Gut siehst du aus und so braun – Glauben Sie an Gott? Ich meine, ich frage Sie jetzt als Schriftstellerin und Intellektuelle. Nein? Ich glaube auch nicht an den offiziellen Gott der Kirche oder an den Papst und so weiter, die Pfaffen, die sich ein feines Leben machen, mit ihrer Doppelmoral, aber alles verurteilen, ohne genau zu wissen, worum es geht. Verurteilen kann man schnell, verdammen, aber wer sieht schon hinein in die Menschen? Wer weiß schon die genauen Beweggründe. Der äußerlich größte Sünder kann innerlich ein wunderbarer Mensch sein, und der nach außen Frömmste ... Ich glaube nicht an Gott. Aber ich glaube an einen Schöpfer. An einen ... Ach, ich weiß nicht. Ich glaube an etwas Schönes, an einen Plan. Ich meine, es muß doch irgendeinen Sinn geben für alles. Haben Sie jetzt Pepino gesehen? Wie er die Kiste Bier getragen hat? Das meinte ich vorhin. Haben Sie seine Augen gesehen?

Sophia

Sophia fuhr zum Golfspielen nach Fiuggi. Sie fuhr einmal die Woche in den ehemals berühmten, jetzt ziemlich heruntergekommenen Kurort neunzig Kilometer südöstlich von Rom und dreißig Kilometer von dem kleinen Dorf in den Bergen entfernt, wo sie wohnte. Sie spielte ganz gerne Golf. Aber darum ging es ihr im Grunde nicht. Im Grunde machte ihr vor allem die Tatsache Spaß, daß sie mit ihrer alten Klapperkiste vor dem Clubhaus hielt, ausstieg mit all dem glänzenden Gerät und sich auf der einzigen gepflegten Rasenfläche weit und breit unbeobachtet bewegen konnte. Sie mochte es aber auch, wenn sie andere Clubmitglieder traf, wenn sie sich unterhielt und nachher, im Club, ihren Drink nahm, und keiner merkte, daß sie Deutsche war. Sie genoß es, daß niemand sie hier kannte. Denn es war schon anstrengend, in einem Ort zu leben, in dem jeder Hund über ihr Leben Bescheid wußte. Besonders über den einen Abschnitt daraus.

Sophia hatte sich vor Jahren entschlossen, das Gerede zu ignorieren und zu bleiben, und also tat sie es und nahm in Kauf, daß immer wieder neues Gerede aufkam, das alte nie ganz erlosch und daß alle ihre Unternehmungen beobachtet, abgeschätzt und diskutiert wurden. Sei's drum. Sophia nahm Augenmaß, holte mit dem Golfschläger weit aus und schlug den kleinen harten Ball irgendwie in Richtung auf das nahe gelegene Wäldchen zu. Es ging ihr, wie gesagt, nicht ums Golfspielen im engeren Sinne.

Sie hatte schon länger keinen Auftrag mehr vom Fernsehen bekommen. Strenggenommen waren während der Fußballweltmeisterschaft vor fünf Jahren ihre letzten Aufträge eingegangen, zählte man die kleine Sache über die Deutsche Bibliothek in Rom nicht mit. Auch beim Film war sie nicht so drinnen, wie sie es sich erhofft hatte, damals, im Jahr 1990, als sich alles so gut angelassen hatte und die Aufträge sich plötzlich überstürzten. Damals hatte sie sogar an den Dreharbeiten zu dem Film über den Baron Münchhausen mitgearbeitet, während derer in Cinecittà noch einmal alle Kulissen geschoben, alle Requisiten und Masken hervorgeholt worden waren. Vielleicht war das ja einer der letzten großen Kostümfilme Cinecittàs gewesen. Danach war sie sogar einer Assistentin der Cutterin von Fellini empfohlen worden, und sie hatte sich in Trastevere eine finstere Kellerwohnung genommen, die sie allerdings schon ein Jahr später aus finanziellen Gründen wieder hatte aufgeben müssen. Na ja, war ja nicht weiter schlimm, sie hatte ja das Haus. Und was sind schon 56 Kilometer Entfernung von Rom? Nichts. Alle Welt pendelt von einem Ort zum anderen. In Amerika soll es Leute geben, die täglich drei Stunden zur Arbeit fahren.

Sophia hatte sich also mehr und mehr in den kleinen Ort in den Bergen zurückgezogen, hatte das Gerede ignoriert und ihre Position Theo gegenüber ausgebaut. Wenn die Sache mit dem Brustkrebs nicht gekommen wäre, vielleicht hätte sie sich ja doch noch in Rom etabliert. Aber das ständige Hin und Her, die Operationen, die Bestrahlungen, die Kur hatten sie aus allem geworfen.

Es hatte während der Fußballweltmeisterschaft begonnen. Pepino hatte sie abends besucht und war dann lange geblieben. Nachdem er im Morgengrauen aufgebrochen war, war sie plötzlich allein in der Kellerwohnung gestanden, in der Hand ein Glas Vecchia Romagna, den Pepino ihr aus der Bar mitgebracht hatte, und hatte sich in dem großen Spiegel, der im Vorraum hing, selbst zugeprostet. Da hatte sie plötzlich den kleinen blauen Fleck auf der rechten Brust gesehen. Sie hatte ihn lange nicht weiter beachtet. Erstens, weil sie keine Zeit hatte, sie stand täglich mit dem Kameramann im Stadion, und zweitens, weil sie nie zuvor gehört hatte, daß kleine blaue Flecken auf der Brust gefährlich werden können. Sie hatte immer nur gehört, daß Knoten in der Brust gefährlich werden können.

Es war nicht mehr die Zeit ihrer ganz großen Liebe gewesen, aber doch noch eine gute Zeit. In Rom brauchten sie sich nicht zu verstecken. Sophia nahm Pepino mit ins Stadion, sie gingen mit dem Produktionsleiter essen, auf Partys. Pepinos Schönheit und Lässigkeit und Eleganz fiel sogar in Rom auf. Sie tranken viel. Sophia hatte immer schon eine Menge vertragen, aber das eine Jahr in Rom vertrug sie einfach alles. Sie schlief wenig, liebte Pepino, wann immer er auftauchte, und er tauchte auf, wenn er sich nur irgend freimachen konnte, und sie zogen durch die herrliche Stadt, die warme, erleuchtete, duftende, bis sie irgendwann in ihrer Wohnung landeten, betrunken, und einander in die Arme fielen wie in der ersten Zeit hinter dem Tresen, in Hinterzimmern und dunklen Durchgängen in seinem Heimatort.

Sophia dachte nicht gerne an diese erste Zeit, denn an ihr haftete auch die Ernsthaftigkeit und Anstrengung allen Anfangs. Die gespannte Aufmerksamkeit, die Angst, erwischt zu werden. Na ja, und es war ja dann auch passiert. Sie hatte vergessen, wie. Es spielte auch keine Rolle mehr. Es konnte genausogut sein, daß sie gar nicht erwischt worden waren, sondern daß irgend jemand Theo alles erzählt hatte. Wahrscheinlich waren sie einfach zu unvorsichtig gewesen mit Blicken und kleinen Berührungen.

Aber wer konnte denn auch ahnen, daß Theo, der alte Linke aus der Studentenbewegung, Gewerkschaftler, Kommunist und Feminist, so reagieren würde.

»Er oder ich«, hatte Theo gesagt, das wußte sie noch genau, »er oder ich, du hast die Wahl.«

Nein, eine solche Wahl ließ Sophia sich nicht aufzwingen. Schon gar nicht gekoppelt mit der Drohung Theos, zu Pepinos Frau zu gehen und ihr brühwarm alles zu erzählen.

»Du weißt, was das bedeutet in einem kleinen Ort wie diesem«, hatte er wohl gesagt oder etwas Ähnliches. »Denk an unsere Bekannten, denk an die südliche Moralvorstellung, denk an die Auffassung von Ehe, denk an die katholische Kirche.« Ja, was hatte er sich eigentlich dabei gedacht? Hatte er wirklich gedacht, sie auf diese Weise halten zu können? Oder hatte er sie nicht geradezu bewußt zurückgestoßen, indem er sie vor diese Alternative stellte, die keine war? Hatte er eigentlich auch »Was bist du denn schon ohne mich?« gesagt, oder hatte sie sich das nur eingebildet? Hatte er angedeutet, das Haus, die Wohnung in Düsseldorf, das Auto, die Katze, alles gehöre ihm allein? Hatte er sie spüren lassen, daß er Künstler und sie nichts war? Daß jede Übersetzung, die sie aus dem Englischen gemacht hatte, aufgrund seiner Empfehlung zustande gekommen war? Mein Gott, hatte der Mensch denn jeden Sinn für die Realität verloren? Wußte er nicht, daß sie überall allein überleben konnte? Auch hier? Spürte er nicht ihre Kraft? Wie hatte er nur vergessen können, daß sie es gewesen war, die dieses Haus gefunden, die den Preis ausgehandelt und den Vertrag abgeschlossen hatte. Daß sie es war, die fließend Italienisch sprach, während er in antiquierten Redewendungen stammelte. Daß alle Freunde, die sie in dem Ort gewonnen hatten, ihre Freunde waren. Wenn er auch nur ein Fünkchen Anstand besaß, wieso versuchte er dann, ihr den schönen, liebeshungrigen Pepino zu verbieten? Er oder ich! Was für ein Hohn. Nein, da gab es keine Wahl, und niemals hätte er sie vor diese Alternative stellen dürfen. Niemals. Denn auch ohne sie war es Sophia schwergefallen, nach den Umarmungen in düsteren, feuchten Weinkellern, dunklen Garagen, im Auto, hinter dem Friedhof, auf geschützten Wiesen in den Bergen, auf Felsen und Steinen – es war ihnen weich und wohlig gewesen, wie dicken, streunenden Katzen, wie großen, aufgeplusterten Vögeln, die im Staub baden, wie langsamen, kaltblütigen Schlangen, die einander umschlingen, manchmal wie den kleinen, flinken Tierchen am Strand, die es eilig haben und immer weiterlaufen müssen – ja, auch ohne Theos Alternative war es ihr schwergefallen, danach immer wieder zu ihm zurückzukehren in das breite, schwere Holzbett in dem dunklen Raum im ersten Stock ihres Hauses. Aber sie hatte es getan. Pepino hatte Frau und zwei Kinder. Nein, so unrealistisch war Sophia nicht, das zu übersehen. Sie hatte zu keinem Zeitpunkt ihrer Romanze daran gedacht, Pepino für sich allein haben zu wollen. Und wenn sie es genau bedachte, dann hätte sie ihn auch ohne Frau und Kinder nicht haben wollen. Was hätte sie schon mit ihm anfangen können, nach den ersten paar Jahren? Mineralwasserkisten schleppen? Von fünf bis acht Uhr abends hinter der Bar stehen wie Gina? Sich Nacht für Nacht mit Pepino betrinken? Nein. Ohne Theos blödsinnige Alternative wäre alles ganz natürlich und folgerichtig verlaufen. Sie hätte ihre Affäre gehabt, halb heimlich, halb öffentlich. Denn wirklich verheimlichen kann man nichts in diesen kleinen Orten, das war Sophia immer klar gewesen und Pepino im übrigen auch. Aher das macht nichts. Wenn man es richtig anstellt. Es kommt nur darauf an zu schweigen, so einfach ist das. Und nicht, wie Theo hinzugehen und Gina wirklich alles zu erzählen. »Weißt du eigentlich, Gina …? Du hast doch bestimmt schon gehört …! Gina, jetzt sag ich dir einmal die Wahrheit …«

Natürlich hatte Gina so getan, als wäre Theo bloß eifersüchtig oder verrückt oder als hätte er gar nichts gesagt. Insgeheim hatte sie wahrscheinlich schon vor zwanzig Jahren, als sie Pepino geheiratet hatte, gewußt, daß er sie eines Tages betrügen würde, und wahrscheinlich war es ihr sogar lieber gewesen, er tat es mit einer Ausländerin als mit einer Italienerin. Aber Theo hatte ja hingehen müssen, hatte reden müssen, hatte verhindern müssen, daß sie weiter jederzeit in die Bar gehen konnte. Sie hatte nämlich aus Gründen der Vorsicht wegbleiben müssen, wenigstens solange Gina hinter dem Tresen stand. Später nachts war sie dann trotzdem immer in die Bar gekommen, in der Pepino die letzten Stunden des Thekendienstes versah, denn wie gesagt, was interessierte sie das Gerede der anderen.

Pepino und sie hatten sich dann eine Weile in Fiuggi getroffen, in dem Wäldchen, das zum Golfplatz gehörte. Theo aber hatte weitergemacht mit seinem Pingpong: ja oder nein, er oder ich, dein Haus oder mein Haus, deine Freunde oder meine.

Was hatte er wohl gedacht, mit wem er es zu tun hatte? Natürlich hatte sie gekämpft. Immerhin hatte er seinerzeit Fehler gemacht. Er hatte ihr das halbe Haus aus steuerlichen Gründen überschrieben. Sie brauchte nur mehr die zweite Hälfte auszuzahlen. Und das tat sie auch. Pepino lieh ihr das Geld. Auch nach Deutschland kehrte sie nicht zurück. Das heißt, sie fuhr noch einmal mit Theo nach Düsseldorf, um aus der gemeinsamen Wohnung zu holen, was ihr gehörte, dann verließ sie die Stadt für immer.

Wovon sie lebte, seit die Aufträge von Film und Fernsehen stockten? Nun, sie hatte sich in der Wohnung ihrer Mutter in Bonn angemeldet und war zum Sozialamt gegangen: Journalistin, Rom-Korrespondentin. Freie Mitarbeiterin des ZDF, zur Zeit arbeitslos. Oder hieß es beschäftigungslos? Viel Geld war es nicht. Dazu kamen gelegentliche Übersetzungen aus dem Englischen und Italienischen. Leider war es ihr nicht gelungen, die Kontakte, die sie damals über Theo bekommen hatte, auszubauen. Wahrscheinlich war er rumgelaufen und hatte sie in der Branche überall schlechtgemacht. Na ja, und dann kamen hin und wieder kleine Sachen beim Film dazu. Assistentin einer Assistentin. Einmal hatte sie für eine deutsch-schwedische Koproduktion die Kabel getragen. Aber selbst das wurde immer schwieriger. Statistenjobs fanden seit einiger Zeit auch ausgebildete Schauspieler kaum mehr. Blieben noch kleine Dolmetschereien in Cinecittà, mal ein Job, über Freunde in Rom vermittelt, einmal sogar ein Feature für den Rundfunk in Deutschland, irgend etwas im Zusammenhang mit Rom. Und natürlich Pepino. Das war's dann schon. Und würde auch sicher nicht mehr werden. Eher weniger. In der Künstlersozialversicherung war sie geblieben. Gott sei Dank. Sie hatte sich später in Bonn operieren lassen. Samstags ins Krankenhaus, eine Woche später wieder hinaus, und eine weitere Woche später war sie wieder in Italien. Mit nur einer Brust. Oder besser gesagt: mit eineinhalb Brüsten. Denn sie hatten die linke Brust nicht abgenommen, nur ein Stück herausgeschnitten. Es war nicht einmal so schlimm gewesen. Die zweite Operation ein halbes Jahr später ließ sie in Rom machen. Der Schnitt war diesmal größer. Nein, auf eine plastische Operation legte sie keinen Wert. Wozu? Sie ging nun auf die Fünfzig zu und mußte mit ganz anderen Narben zurechtkommen. Und Pepino? Nun, abgesehen davon, daß ihre Liebe längst vorbei war, war Pepino nicht der Mann, der sich abschrecken ließ von wulstigen Narben.

Was das für ein Gefühl ist, eineinhalb Brüste? Was soll es schon für ein Gefühl sein? Ich bekomme in letzter Zeit viel Besuch aus Deutschland. Na ja, das Haus ist ja groß genug.

Letzten Frühsommer sind drei Freundinnen aus Bonn gekommen, die haben mir einen aufblasbaren Swimmingpool mitgebracht. Wie haben wir es schön gehabt! Wir haben das Ding auf der Terrasse aufgeblasen, mit einem Gartenschlauch eiskaltes Wasser eingefüllt, haben uns eine Reihe Drinks gemacht und uns dann nackt in den Pool gesetzt, die Drinks in der Hand; rundherum dieser Blick auf die Berge, über uns strahlendblauer Himmel, der Duft meiner Blumen, das Glitzern der silbernen Blätter des Olivenbaums, der mitten auf meiner Terrasse steht, der Geruch des Basilikums an der Hausmauer; oben auf dem Dach miauen meine Katzen. Was kümmert mich da eine wulstige Narbe mehr oder weniger?

Sophia packte den Golfschläger in die Hülle, hievte das Gerät auf die Schultern und ging auf den Ausgang zu. Höchste Zeit. Sie war abends zu einem Sommerfest beim Baron eingeladen, unten, auf seinem Land. Theo, der mit seiner frisch angetrauten Ehefrau – Theo und sie waren in den dreizehn Jahren, die sie zusammengewesen waren, nicht verheiratet gewesen – gerade Urlaub in dem Ort machte – er hatte sich sofort, nachdem sie ihn ausgezahlt hatte, eine Wohnung weiter unten im Centro storico gekauft – und der auch zum Fest eingeladen worden war, hatte angeblich sofort abgesagt, als er erfahren hatte, daß Sophia kam. Er ging nirgendwohin, wo sie war, und die Bar von Gina und Pepino hatte er kein einziges Mal mehr betreten, nachdem er Gina die Wahrheit erzählt hatte. Für ihre früheren gemeinsamen Freunde war die Situation bestimmt lästig. Sie mußten jedesmal wieder entscheiden, wen von beiden sie lieber einluden. Immer öfter fiel die Wahl auf Sophia. Oder täuschte sie sich da? Entschieden sich nur ganz bestimmte Freunde für sie und andere, seriösere, für Theo?

Während sie durch die karge Landschaft auf halber Höhe

des Monte Scalambra zurück in den Ort fuhr, in dem sie nun schon sechs Jahre wohnte, beschloß sie, das tief ausgeschnittene schwarze Kleid anzuziehen. Man sah darin das linke obere Ende ihrer Narbe, aber Sophia wußte, daß gerade das seinen Reiz hatte. Ich werde tanzen, dachte sie, bis ich umfalle.

Und wahrscheinlich wird Jens dort sein, der gutaussehende, alternde Däne, der bestimmt einmal jede Frau hat haben können, die ihm gefiel, und der jetzt so einsam ist, daß er mit ihr vorliebnehmen wird, später, wenn sie die Nacht durch getanzt und getrunken haben und es bereits dämmert, so daß die Landschaft aussehen wird wie hinter einem grauen Schleier. Und die ersten Sonnenstrahlen werden dem Schleier einen Rotstich geben. Der Baron wird längst unter seiner zweihundert Jahre alten Pinie liegen und seinen Rausch ausschlafen, und die Band wird wahrscheinlich immer noch spielen. Massimo über dem Schlagzeug wird lachen wie ein kleiner, böser Kobold, und Enzo über seiner Gitarre wird gutmütig lächeln, obwohl er es nicht billigen wird, wie sie barfuß tanzt. Was kann sie dafür, wenn der alte Säufer Nino plötzlich seine Hose öffnen und ausziehen wird? Sie wird tanzen, wenn auch Virgilio die Augenbrauen hochziehen wird – was soll's –, tanzen und tanzen, und die Augen von Jens werden rot sein und zwei kleine feine Striche, und am Ende wird sie ihn in ihr Auto ziehen, das anspringen wird wie jeden Tag, auch wenn es zuerst knattert und murrt, als würde es nie mehr anspringen, und sie wird Jens in seine Wohnung schleppen, hoch über dem Ort, und die Sonne wird sehr schräg in die Panoramafenster einfallen, alles wird weiß erstrahlen in seinem Zimmer, und das Licht wird sich sammeln auf dem niedrigen Bett, das er in der Mitte des Raums aufgestellt hat, Rattan mit Futon oder so. Jedenfalls groß und weich und strahlendweiß. Und sie wird Kaffee kochen für Jens, und Jens wird sie umarmen, und weil er viele Jahre lang in Asien gelebt hat, wird er eine Technik haben, lange nicht zu kommen und ihre Lust immer wieder neu anzufachen und immer noch nicht zu kommen, und er wird ihre Narbe streicheln und ihren Rücken, und danach werden sie noch eine Flasche Wein öffnen und trinken.

Anna

Sie wird ihn heiraten, und ich werde es nicht verhindern. Wie sollte ich auch? Aber was Besseres hätte sie verdient. Der Junge ist doch eine trübe Tasse, oder? Schauspieler! Der läßt doch die Nase jetzt schon hängen. Außerdem hat er keine Kraft. Jedenfalls nicht die ihre. Dieses Mädchen hat die Kraft von sieben Rössern. Ich weiß, kein Vergleich für ein junges Mädchen, aber wir wollen ja hier nicht poetisch werden. Wir wollen uns nur an die Tatsachen halten: Hier ist eine 22jährige im Begriff, einen riesigen Fehler zu machen. Vielleicht hat sie den Fehler auch schon lange vorher gemacht. Eine wie sie muß ins eiskalte Wasser springen. Und zwar blutjung. Sonst kann sie es nicht schaffen. Ich meine, mit den Voraussetzungen: der Vater ein kleiner Bauer, die Mutter huschelig, der Bruder taubstumm. Das mit dem kleinen Bauern meine ich so: ein Bauer mit einem kleinen Stück Land. Er selbst ist nämlich groß. Genauer: von riesenhaften Ausmaßen, dick, ein Gesicht wie Neptun oder Mars oder Zeus persönlich. Der Mann ist in jeder Hinsicht eine Offenbarung. Geld ist keines vorhanden.

Als ich das erste Mal bei Anna, ihrem Vater und ihrem Bruder im Land war, dachte ich, ich bin in einem Kostümfilm gelandet. Und zwar bei den Räubern im Spessart. Der riesenhafte Vater in Bundhosen, mit zerrissenem Unterhemd und geknotetem Taschentuch auf dem Kopf; der Bruder, ebenfalls ein Riese, mit rotblonden Locken, rotem Rauschebart und blitzblauen Augen, nackter, kräftiger Oberkörper, zerrissenen Jeans, und schließlich sie selbst, Anna, die in einem erdfarbenen Kittel auf dem Boden herumkroch und Kartoffeln erntete. Das alles vor einem dunklen Verschlag aus Stroh, Lehm und Erde – wohl der Geräteschuppen – inmitten eines heillosen Durcheinanders von Fahrzeugteilen, alten Weinfässern, Autoreifen, Eisenwaren aller Art. Und dazu die krächzenden und gurrenden und fiependen Laute, mit denen der taubstumme Bruder versuchte, sich verständlich zu machen.

Na ja, wie ich da Anna auf dem Boden herummachen sehe – sie hat nur einmal kurz aufgeschaut und Stefano und mich flüchtig begrüßt –, da habe ich mir gedacht: Mannomann, was findet der bloß an dem Mädel? Ich meine Stefano an Anna. Er war nämlich ihr Freund. Deshalb hatte er mich ja mitgenommen oder besser gesagt, ich habe ihn auf dem Sozius meiner Vespa mitgenommen. Er hatte mir schon auf der Hinfahrt, als wir in einer kleinen Bar neben einer Tankstelle Pause machten und Kaffee tranken, anvertraut, daß er unter ihren Launen litt.

Ich staunte jedenfalls nicht schlecht, als ich die beiden zum erstenmal sah. Ich meine, Stefano war immerhin Schauspieler und Musiker. Anna war dick und schmutzig und wühlte mürrisch in der Erde.

Der Alte zeigte mir dann sein Land. Da war aber alles tipptopp gepflegt. Seine Tomaten waren bestimmt dreimal so dick wie meine. Er hatte auch ein paar Kastanien. Als er merkte, daß ich Kastanienbäume mag, bot er mir an, einen für mich auf dem von mir gepachteten Stück Land zu pflanzen. Und während wir so durch den Wein gingen und er mir seine Olivenbäume und die Obstbäume zeigte, redete Stefano irgendwo in der Nähe des Verschlags, die ganze Zeit auf dem Boden hockend, auf Anna ein. Immer, wenn ich mich umdrehte, sah ich, daß sie den Kopf schüttelte. Ich hätte am liebsten losgelacht. Stefano ist nämlich ein ganz hübscher Junge. Ich glaube, viele Mädchen aus dem Ort sind scharf auf ihn. Aber er spricht wie ein Blöder auf ein widerspenstiges Erdferkel ein, begafft von einem taubstummen Bruder, der sich an eine riesige Axt lehnt.

Nach dem Rundgang durch das Land öffnete der Alte eine Flasche, der taubstumme Bruder entfachte ein Feuer auf dem Boden vor dem Verschlag, und Anna schleppte einen großen, verrußten Topf heran. Mir war sofort klar, daß es ein langer Nachmittag werden würde. Wir begannen mit einem Spumante, der mir viel zu süß war. Wie ich gehofft hatte, brachte der Taubstumme aber gleich darauf eine Flasche normalen Rotwein. Und der schmeckte erstklassig. Trocken, erdig, ja, sagen wir ruhig: holzig. Ich meine, wie warmes Holz in der Sonne, nur daß der Wein nicht warm war, sondern genau die richtige Temperatur hatte und daß er auch gar nicht nach Holz schmeckte, sondern an Holz denken ließ.

Na ja, Sie verstehen schon. Der Wein war eben erstklassig. Stefano neben mir nippte nur daran, aber der Alte hielt mit. Nach dem zweiten oder dritten Glas nahm er das Taschentuch vom Kopf ab und strahlte mich an, als wäre ich sein zukünftiger Schwiegersohn. Ich muß dazu sagen, daß mir damals noch viele Menschen in dem kleinen Ort mit Mißtrauen begegneten. Weil ich, auch nach drei Jahren, immer noch »die Fremde« war, die nur ein paar Monate im Jahr hier verbrachte. Aber auch wegen meines Berufs und hauptsächlich wegen der Männer. Ich kam damals bei jedem meiner Besuche mit einem anderen Mann angereist. Es war eine unstete Zeit. Ich war unruhig, immer nervös, ungeduldig. Die Arbeit an meinem Roman stockte, und ich betrank mich alle paar Tage unten in Ginas Bar. Ich glaube, ich war ein richtiger Bauernschreck. Die hatten Angst um ihre Töchter wie um ihre Söhne. Zu Unrecht. Ich hätte niemanden zu meiner Lebensweise überreden wollen. Der Alte mußte das sofort gemerkt haben. Er ließ sich von dem Gerede offenbar nicht im geringsten beeinflussen. Er sagte sogar, einer wie mir würde er Anna jederzeit anvertrauen, damit sie einmal hinauskäme und etwas von der Welt sähe. Stefano hingegen beachtete er gar nicht.

Nachdem Anna in dem großen schwarzen Topf Wasser gewärmt, Spaghetti gekocht, Tomatensauce aus einer verstaubten Flasche darüber gegossen hatte und wir gegessen hatten – schmeckte übrigens wunderbar! –, begann Annas Vater zu singen. Oh, diese Italiener! Was für Sänger! Nicht nur die Stars, die man überall im Fernsehen sehen und von den CDs hören kann, nein, auch die anderen, die, wie dieser hier, in ihren Weinbergen sitzen und eine Arie aus »Falstaff« singen. Einfach so. Ich meine, stellen Sie sich einmal bei uns einen Bauern vor... Es war großartig. Wenn die Stimme auch Mängel hatte – die hohen Töne waren ein bißchen schrill, und in den tiefen knödelte er ein wenig –, so war das Ganze insgesamt getragen von einer einzigartigen Kraft und einem tiefen Wissen um die menschliche Existenz. »Alles ist Spaß auf Erden, der Mensch ein geborener Tor.«

Am Ende sang Anna etwas mit ihm zusammen. Und vor meinen Augen verwandelte sich die ganze Räuberhöhle in die Scala, Anna ist eine Primadonna mit Augen wie glühende Kohlestückchen. Sie sang Sopran, und man merkte sofort, daß sie Gesangsunterricht nahm. Aber diese Kraft konnte sie nirgends gelernt haben. Die hat man oder nicht. Stefano saß still, fast traurig, neben mir. Der taubstumme Bruder starrte seiner Schwester und dem Vater auf den Mund, als könnte er auch die Musik von dort ablesen.

Auf der Rückfahrt kehrten Stefano und ich noch einmal in der kleinen Bar neben der Tankstelle ein. Aber diesmal trank ich Bier. Stefano trank nichts. Er redete die ganze Zeit über Anna. Er sagte, sie habe von Kind auf im Schatten ihres Bruders gelebt. Niemand habe sich um sie gekümmert. Immer sei es nur um ihn gegangen. Bei allen Bemühungen, aller Aufmerksamkeit, aller Liebe und allem Geld. Wenn er einmal fünf Minuten verschwunden gewesen sei, habe ihre Mutter sie gescholten, weil sie nicht richtig aufgepaßt habe. Dabei sei sie doch die jüngere gewesen. Schon als kleines Mädchen habe sie nicht mit anderen Kindern spielen dürfen, weil sie immer nur mit ihrem Bruder habe spielen müssen, damit der nicht merken sollte, daß die anderen Kinder ihn mieden. Sie allein habe alle ersetzen müssen. Und die Stille um ihn. Er habe einen eigenen Lehrer bekommen, habe in Subiaco die Zeichensprache gelernt, und eine Zeitlang habe der Vater ihn täglich zu einem Spezialisten nach Sabaudia gefahren, der angeblich die Stummen das Sprechen lehrte, so daß am Ende kein Geld mehr dagewesen sei für Annas Gesangsausbildung, wenn nicht er, Stefano, sie bezahlt hätte.

Anna wurde dann Jahr für Jahr schöner. Sie wurde dünner, die Beine wurden länger, die Arme schlanker. Drei Jahre später war endgültig das Feuer in ihren Augen entfacht, das seinen Glanz über das ganze Gesicht breitete. Nur in ganz wenigen Augenblicken fürchtete man, es könnte sich selbst verzehren. Stefano brachte Anna das Autofahren bei, und sie nahm ihren Gesangsunterricht inzwischen nicht mehr in Palestrina, sondern in Rom. Im Sommer spielte sie in den Dialektstücken, die jährlich von der Theatergruppe ihres Heimatortes aufgeführt wurden, die weibliche Hauptrolle. Und sie spielte so gut, daß ich, die ich kein Wort davon verstand, was gesagt wurde, jedes Stück von Anfang bis Ende mit größtem Vergnügen ansah. Auf dem jährlichen Unitafest sang sie Schlager und Schnulzen. Aber wie! Sie stand dort oben auf der Bühne, damals immer noch in den sackförmigen Kleidern, die auch ältere Primadonnen tragen, streckte die Arme aus und sang von der Liebe, der Sonne, der Begierde und dem Betrug, daß es mir eiskalt den Rücken hinunterlief. Sie hatte eine Begabung sondergleichen, ein großes Talent. Sie hätte das Zeug gehabt, zur Oper zu gehen, zum Film, zur Bühne. Sie hätte Chansonnette werden können, Komikerin, aber auch Tragödin.

Alles, was sie tat, hatte etwas Verschwenderisches, als wären ihre Ressourcen unerschöpflich. Und es war geprägt von diesem Wissen über die Tragik und die Komik der menschlichen Existenz, das auch ihr Vater und, wie ich später einmal feststellte, sogar ihre sonst ganz unscheinbare Mutter zu haben schienen. Vielleicht war es ja aus dem Leid um den großen stummen Bruder geboren, und vielleicht ist es ebendieses Leid, das sie am Ende wohl scheitern lassen wird.

Anna hätte Stefano irgendwann endgültig verlassen müssen. Spätestens damals, als sie ins Ausland ging und er zurückblieb. Etwas, das ich übrigens selbst nie verstanden habe, hielt ihn in dem Nest. Schon damals, als er mich in Paris und Marburg besuchte, hätte er den Absprung wagen können. Wenn er sich statt dessen wenigstens nach Rom orientiert hätte. Rom liegt keine sechzig Kilometer entfernt, praktisch vor der Haustür. Was hindert einen begabten Musiker und Schauspieler daran, nach Rom zu gehen? Warum fährt der in seinem Fiat 500 nach Fiuggi, um dort eine Handvoll Kleinstädter das Klavierspielen zu lehren? Ich weiß, daß Stefano keine einflußreichen Verwandten in Rom hat. Und ohne Lobby hat es wohl jeder schwer in Rom. Und doch – letztendlich ist alles eine Kraftfrage.

Anna bekam irgendein Stipendium und nahm Schauspielunterricht in Berlin und Gesangsunterricht in Wien. Stefano blieb zu Hause. Nach einem Jahr kam sie zurück. Ich war zu der Zeit gerade im Ort. Sie war auf ihrem Höhepunkt, das sah ich sofort. Und auch, daß es der allerletzte Zeitpunkt für den endgültigen Absprung gewesen wäre. Mein Gott, wie schön sie geworden war. Es war geradezu beängstigend. Ihre Schönheit wurde nur noch übertroffen von ihrer Kraft. Es schien, als stünde sie kurz vor einer Explosion.

Wir saßen auf der Piazza Santa Margherita und redeten. Alles war so intensiv, daß unser Flirt einem Ringkampf glich. Mein Mann, der Anna mochte, wurde ungeduldig. Er sagte, er hätte keine Lust, weiter mit anzusehen wie zwei Adlerjunge in einem zu kleinen Nest Flugbewegungen übten. Ein komischer Vergleich. Ich werde nächstes Jahr vierzig. Na ja, ich wußte, daß mein Mann wußte, daß ich mich längst für ihn entschieden hatte. Trotzdem konnte ich mich nur mit Mühe von Anna losreißen. Ich hätte sie immer ansehen mögen. Alles an ihr wirkte künstlich und trotzdem irgendwie selbstverständlich. Ich meine, wie bei jemand, der eben jede kleinste Geste sorgsam aus einer Überfülle von möglichen Gesten auswählen muß. Sie trug keine Sackkleider mehr, sondern sehr raffinierte Gewänder, die irgendwo an ihrem Körper hauteng und anderswo weit wallend waren, genau so, wie es am vorteilhaftesten für sie schien. Und dabei hätte man bei flüchtiger Betrachtung meinen können, sie habe nur einmal schnell ein Tuch um den Leib geschlungen und sei rasch hinausgelaufen, um ein paar Kleinigkeiten einzukaufen. Ich glaube, ich starrte auf den roten breiten Mund, wenn sie sprach. Der konnte lächeln wie der einer Erstkommunikantin, die, mit Blütenkranz im Haar und weißer Kerze in der Hand, hinter dem Pfarrer herschreitet, und der konnte sich öffnen zu einem breiten, schrillen, derben Lachen, bei dem ihre kleinen weißen Zähne sichtbar wurden, auf denen eine Spur Lippenstift zurückgeblieben war. Meist verstand ich gar nicht, was sie sagte. Ich horchte nur auf die manchmal schrillen, manchmal rauchigen Laute, die sie ausstieß, das Gurren und Kratzen in ihrer Stimme, und ich sah in die großen schwarzen Augen mit den langen, wie angeklebt wirkenden Wimpern. Der Schrei saß dieser Frau doch in der Kehle. Gab es denn weit und breit keinen, sie mir abzunehmen und sich zu messen an ihrer Kraft. Nein, es gab keinen. Arme Anna. Armes Kind. Arme stolze Frau. Armes mutiges Mädchen. Lauf, lauf schnell weg von hier, spring ins Wasser, schwimm. Los, trau dich doch, sing bei allen Wettbewerben, geh zu den Agenturen, laß dich nicht abwimmeln. Sing dich in die Herzen alter steinreicher Männer. Knack sie, die Tresore Roms. Rette dich, hau ab. Wenn Stefano es schon nicht kann, mußt du es tun. Dann werde auch ich es verkraften.

Im Jahr des Erscheinens meines wichtigsten Buches erreichten meinen Mann und mich auf der Lesereise in Deutschland zeitgleich zwei Einladungen von Stefano und Anna zu ihrer Hochzeit.

Margit Schreiner
Heißt lieben

152 Seiten. Gebunden.

ISBN 3-89561-273-1

»Margit Schreiner ist Spezialistin für die Schrecken des Zwischenmenschlichen, für Liebes- und Haßgeschichten. *Heißt lieben* feiert und betrauert zugleich den Abschied von den Müttern. Der schonungslose Blick und die klare Sprache der Autorin machen die Lektüre zum Vergnügen. Nachdenklichkeit nicht ausgeschlossen.«
Ulrich Weinzierl, Börsenblatt

»Margit Schreiner ist die Beherrscherin des Banalen, die Meisterin illusionsloser Komik.«
Literaturen

Schöffling & Co.

Margit Schreiner
Haus, Frauen, Sex.

Roman

208 Seiten. Gebunden.
ISBN 3-89561-271-5

»Über 200 Seiten geht der verbale Amoklauf, die Männer werden sich mit ihrem Schicksalsgenossen solidarisieren, während die Frauen ›selber schuld‹ und ›geschieht ihm recht‹ rufen werden – bis die einen wie die anderen herausfinden, daß es eine Frau ist, die ein furioses Stück Rollenprosa geschrieben hat, wie es ein Mann, politisch domestiziert und emotional verbogen, wohl nie hätte schreiben können.«

Der Spiegel

»Ein intelligentes Buch, sehr überzeugend, eine kunstvolle Sprache – ich finde die Autorin hoch beachtlich.«

Marcel Reich-Ranicki im ›Literarischen Quartett‹

Schöffling & Co.

Margit Schreiner
Nackte Väter

Roman

148 Seiten. Gebunden.

ISBN 3-89561-274-X

»Wer sich auf Margit Schreiners kurzen Roman vom langen Abschied einläßt, den läßt er nicht mehr los.«
Süddeutsche Zeitung

»Überlegt verhaltener und nie langatmiger Erzählstil.«
Tilman Spreckelsen,
Frankfurter Allgemeine Zeitung

»Bilder vom eigenen Werden und vom Vergehen des anderen, die Margit Schreiner zu einem anrührenden Requiem zusammengefaßt hat.«
Hans Christian Kosler, Neue Zürcher Zeitung

Schöffling & Co.

Margit Schreiner
Mein erster Neger
Die Rosen des Heiligen Benedikt

Afrikanische Erinnerungen
Liebes- und Haßgeschichten

304 Seiten. Gebunden.
ISBN 3-89561-272-3

»Freunde der Literatur und der Geschichten, die das Sexualleben schreibt, müßten das Werk zu schätzen wissen. In leichter, trockener Prosa berichtet Margit Schreiner von menschlichen Absonderlichkeiten, die eben dort besonders zahlreich zu registrieren sind, wo Eros – der kleine dralle Gott – das Kommando hat. In hohem Maße geglückt.«
Ulrich Weinzierl, Frankfurter Allgemeine Zeitung

»Kühl und kühn inszeniert, Fesselungs- und Verführungsträume, mörderische Begegnungen: eine feine Mischung, manchmal mit einem Touch Roald Dahl, öfter an Robert Gernhardt gemahnend – ins Österreichische gewendet.«
Volker Hage, Die Zeit

Schöffling & Co.

Fritz-Reuter-Literatur-
museum in Stavenhagen:

Dunnerlüchting ('22)

Tim u. Struppi
Käpitän Archibald Haddock
„Hunderttausend heulende
und jaulende Höllen-
hunde"